潘小平

无用之用

时代出版传媒股份有限公司
安徽教育出版社

图书在版编目（CIP）数据

无用之用/潘小平著.—合肥:安徽教育出版社,2016
ISBN 978-7-5336-8454-9

Ⅰ.①无… Ⅱ.①潘… Ⅲ.①文艺评论－中国－当代－文集 Ⅳ.①I206.7-53

中国版本图书馆CIP数据核字（2016）第289247号

无用之用
WUYONGZHIYONG

出 版 人:郑　可
质量总监:张丹飞
策划编辑:何　客
责任编辑:何换生　鲁金良
装帧设计:袁　泉
责任印制:何惠菊

出版发行:时代出版传媒股份有限公司　安徽教育出版社
地　　址:合肥市经开区繁华大道西路398号　邮编:230601
网　　址:http://www.ahep.com.cn
营销电话:(0551)63683012,63683013
排　　版:安徽时代华印出版服务有限责任公司
印　　刷:安徽新华印刷股份有限公司

开　　本:787×1092　1/32
印　　张:8.25
字　　数:160千字
版　　次:2017年7月第1版　2017年7月第1次印刷
定　　价:36.00元

（如发现印装质量问题,影响阅读,请与本社营销部联系调换）

序：文到无用方从容

这是我近二十年间，写下的一些带有理论色彩的文字，大多与我的工作有关，零散、短小、匆忙、驳杂，不成体系。

一九九二年春，当我仓皇从高校逃离时，我十分不愿提起我的教书生涯，尤其害怕别人知道我曾经写过评论文章。尽管在高校里，我是以新时期小说作为科研方向。其时，天下滔滔，群起争利，连小说都没人看了，谁还去看评论？就弃之如敝履。然而，对于我这样的人来说，理性是一种思维底色，不是说脱离就脱离，想抛弃就抛弃的。哪怕是以速写的笔墨，写我身边熟悉的作家，我也一定会不由自主地去评论他们的作品。喜欢抽象的话题，耽于纯思想层面的运作，对理性永远保持潜在的兴趣。于是，就零零星星写下了这些文字，也记录下了社会的变迁、文坛的动荡、作家的焦虑和自己的心情。尤其是在为《清明》、《安徽文学》主持栏目时，所写的"卷前"与"编后"文字，它们清晰地勾勒出了二十年间，中国社会所发生的翻天覆地的变化，以及作家和文学对此作出的激烈反应。从仓促到从容，从无序到有序，从抵拒到融入，从焦躁到沉静，作家在苦痛中成长，文学在阵痛中重生。它们不仅是我个人的精神史，还是一个群体的精神史，是民间形式的国家记忆。我写下这些文字的时候，并没意识到记录下了时代，但当它们以集中的方式呈现出来时，我才看出了它们的价值与意义。

尽管在这里，个人的书写已经微不足道，但我仍然希望自己经岁月淘洗的文字能够美好如昨。多年以前，读朱大可的评论，记住了他对安徒生的评述："在北欧阴郁而寒冷的车站，安徒生的容貌明亮地浮现了。这个用鹅毛笔写作童话的人，是浪漫主义史上最伟大的歌者之一，所有的孩子都在倾听他。在宇宙亘古不息的大雪里，他用隽永的故事点燃了人类的壁炉。"此后在一些场合，我会忍不住背诵这段文字，每一次背诵，都深深感染并感动我。对于文学批评来说，诗意的发现和诗意的表达同样重要。将阔大的诗意融入批评的理性构架，固然很难做到，但只要有这个意愿，不是可以一点点接近吗？

潘小平

二〇一六年十一月二日

目录

1 辑一

3 纸上走下的王英琦
7 泗水滩上的许辉
13 自古文人多倨傲
19 十点钟回家的男人
25 思想者欧老
29 天真杜仲
32 沉默志保
35 秋日的某个午后

39 辑二

41 "五〇后"作家群
54 "六〇后"作家群

69　辑三

71　屋檐下的风铃
　　——读周伯文《感受真情》

74　严肃地面对历史
　　——读季宇《共和，1911》

78　只研徽墨写徽山
　　——读王永敬《焦墨黄山》

80　破碎的诗意
　　——《天堂里的爱情》序

83　皖北才子汪晓佳
　　——《住高楼》序

87　且倚黄山读红楼
　　——读黄山书社版《红楼梦》有感

91　世俗理性，全新视角
　　——读许岗《近看东西方》

96　历史深处的阳光
　　——金科《桑梓前贤》序

100　回家的路有多长
　　——读网络心灵版《回家》

105　灯花落处诗花开
　　——李永波《闲挑灯花》序

108 用孩子的眼光看世界
　　——读王蕾《谁将听我歌唱》

111 秀色发江左
　　——读铜陵女作者散文集

116 一同承受，一同成长
　　——刘政屏《就这样，我们赢了》序

119 呼啸而过
　　——《五虎出列》序

123 穿透时空的鸣响
　　——朱启方《听那遥远的钟声》序

126 意承唐宋，道接千年
　　——观吴雪《翰墨情怀》书法展有感

128 如水的气息，复活的记忆
　　——《风起大通》的民俗学意义

131 这一切才刚刚开始
　　——《享受合肥方言》序

134 消失的村庄
　　——读邱晓鸣《乡里·城里》

138 干净的笑容最温暖
　　——电影《一个温州的女人》观后

141 秀外慧中，慨然中华
　　——读姚中华《凝望与行走》

144 岸上风景,千载诗心

——读陈春明《心岸踏歌》

147 互联网时代的个体焦虑

——读赵昂、鲍传江手机对话录

151 挂霜

——对于散文的个人化理解

155 辑四

157 《清明》卷前
245 《安徽文学》编后

辑 一

纸上走下的王英琦

王英琦出道早,早在八十年代中期,在中国文坛就很有些名头了。那时我还在大学里混饭吃,课堂上常常举她的散文为例,感觉上,她的第一个特点是写得朴素。朴素是高境界。不认识,很想认识,可到哪去认识啊,也没有人给牵线搭桥。八十年代是中国文人的黄金时代,全民族都向往作家,向往文学。所以你别看我经常在课堂上口出狂言,对那些名噪一时的作家大加赞赏或大加鞭挞,其实是一个也没见过。

悲哀。

后来调到了省文联,就幸福多了,见到了很多人,王英琦也见到了。很瘦小,非常非常瘦小,以至我一看到她,就会忍不住伸出手去,拍她的脑袋,像拍一个孩子一样。她躲,一边躲一边叫,声音很高。

这时她已过了而立,渐近不惑,文风也变了,开始写一些很深奥的东西。尼采、康德、海德格尔什么的,绝对哲学。有人欣赏,也有人批评,她都不管,宣称:走自己的路，让别人说去吧！

很多人说过这句话，但说这话的人，未必真像王英琦那样一意孤行。结果是，无可挽回地失去了一部分读者。

所以有一次，在一起吃饭的时候，我就忍不住劝她说，别海德格尔了，海德格尔连我都弄不懂，你去弄它做什么？再怎么说，我在大学里教过十多年书，也得比你更哲学。她瞠目，异乎寻常地气愤，大声发问：这个世界怎么了？怎么了！

我说：怎么了？没怎么，都忙挣钱去了。

在举起酒杯的时候，我劝她说：学我，写点能卖钱的东西，多好！

那一瞬，她一定是感到了深深的寂寞。所以再见到我的时候，一向喜欢亢言的王英琦，就不再反驳我了。不说了，不和你说。但我后来知道，她回家去说，说给她的宝贝儿子王大可听。深夜，一两点钟，他们母子面对面地盘踞在卧室的地板上，讨论一些生与死的大命题，据她说，她儿子听懂了。

一个十岁的孩子，听懂了？

这之后不久，就听说王英琦练太极了，据说是行云流水，境界很高。又据说是得了一个什么国际性的金奖，一下子就确立了在武林中的地位。想来不假，因为我再拍她脑袋的时候，她会闪电般出手，然后飘然一跃。

我从此不敢轻举妄动。

外头,主要是北方,一些腕级作家,蒋子龙什么的,简直把她吹得神乎其神;笔会上,一些老朋友再见到她的时候,会显出非常吃惊的神色。

有一回,我们开会,《清明》出刊一百期纪念,邀请了一些作家,王英琦当然也来了。会议主持人请她说几句,她不说,说是留出时间给老作家们说:我反正还有几年好活呢,让老作家先说吧。话是真话,难听也真难听,相信那天每一位在座的老作家,听了这话,都有入耳惊心的感觉。我瞪她一眼,她就坐我边上,不难堪,没感觉。后来不知怎么,又打算说话了,一把抢过话筒,郑重其事地举到嘴边,左手呢,背在身后,昂首挺胸,看上去很是雄赳赳气昂昂。但一张口,就又把我吓了一跳,她说:"很多刊物都寿终正寝了,《清明》还在苟延残喘,很不错了。"我一点也不造谣,那两个成语,当时在我也是入耳惊心,绝对错不了。我负责记录,这时也不记了,再说也不能记啊,就伸出腿去,踩了她一脚。她跳开,继续慷慨激昂,批评一些社会现象。我就又伸出腿去,踩她一脚,踩她一脚,再踩她一脚!一共踩了她七八脚,她才总算说到祝福的话上来了。

后来,这几句祝福的话语,让我写进了会议纪要。

她一坐下来,我就大喊:王英琦!我们是让你扒豁子来了?中午你不要吃饭了!

还不解气,就又损她:你语无伦次,你知不知道?

你猜她怎么着？她翻翻白眼，不屑争论，说：我是高层次，宇宙层次，你俗人一个，理解不了。

没有办法。

忽然有一天，王英琦要请新闻界的朋友吃饭了！大家都很兴奋，结伴而去，但进了门，发现一切如常，没有什么请吃饭的迹象。先还以为，是像郁达夫、周作人什么的，在外头馆子叫菜，挨到最后才知道，所谓"吃饭"，吃的只是一只钢精锅。不过内容也不是太少，红烧肉之外，还有卤豆腐干和卤鸡蛋，一锅烩了。喝？喝稀饭。王英琦殷殷相劝，说：喝呀喝呀，我家的稀饭，熬得可好喝了！新闻界的朋友大多腐败，什么山珍海味没吃过？难免脑满肠肥，所以来了王府，权当减肥，洗一回肠子算了。

当然是传闻，但经几个亲自吃请的人证实，想来假不了。

有关王英琦的奇闻逸事还有很多，今天就不说了。但我以为，要了解一个生活中真实的作家，就我写出的这些，也足够了。

一九九六年九月

泗水滩上的许辉

最早认识许辉,是在一本什么杂志的照片上,许辉戴了一顶不知什么帽子,微微歪了头,有些自得也有些顽皮的样子。那时我已经看过他发表在《上海文学》上的中篇小说《焚烧的春天》,对他纯美文字所散发出来的纯美气息感到惊讶和不可思议。及至见了许辉,发现他和照片上有很大不同,不仅是不顽皮,而且有些木讷。我因为是皖北人,和他同属那片著名的大平原,有感于他小说叙事中所挟带的皖北地域文化信息异常丰厚,就想写写有关他的评论。然而和他谈话,十分费力,主要是你问他什么问题,他都不说,或是说不出多少。而我则是教师出身,积习难改,滔滔不绝一泻千里,独白了一个下午,中间偶尔会听见许辉"噢、噢、噢"地应答和笑。

许辉的笑是不出声的,听到高兴处,突然咧开嘴,笑了,是一种无声然而灿烂的表达。

认识许辉的人回忆回忆,有谁听过许辉大声笑过吗?

这时已是九十年代初期,社会渐渐喧嚣浮躁,没有多少人读小说了。因此许辉在他家乡泗水的河漫滩上所渲染出的乡村暖意，也渐渐为人所忽略。不知那一时期的许辉有何感想，不过看到他的时候，他还是老样子，不怎么说话，偶尔会咧开嘴，笑了。有一回在大街上，遇见从邮局出来的许辉，说到我不习惯城市生活的浮嚣，仍然想回到原先工作的小城去，许辉吃惊地说：噢？

我等着他发表看法，却没有下文了。

其时的许辉正要远行，因为已经是秋天了。许辉出生在秋季，根据他的理论，一个人出生的季节，是他最具创造力的时候，也因此许辉最好的作品，总是写在秋天。我疑惑地问：是吗？他笑。过后我仔细想想，我在冬季，果然比其他时候更为敏锐，于是对这一说法，便也深信不疑。

许辉要去的，是古泗水的边上，那片属于他的平原，许辉对那里，有一种柔肠寸断的缠绵。每年的秋季，许辉都要回到那片平原上去，看望丰收或是歉收的土地，土地上劳作的人们和那些叫作东大营、枯河头、归仁集的村落。许辉对女性的审美，也是属于土地，他笔下的女孩，其实是他倾心的女孩，总是阳光下的麦子一般，健康、朴素和明亮。许辉背着包，慢慢地在泗水边上走着，庄稼成熟了，秋高气爽。不知哪庄的一个小年轻，正在河滩上耙地，看见许辉过来，就停下来，等着搭腔。

"吃了？"

"吃了。"

"庄稼咋样?"

"不咋样。"

许辉笑了:"不咋样还种!"

这时,刚好又有一个不知哪庄的小年轻,扛着锨路过这里,听见他们的对话,插嘴道:"就是——老屌叫你种咪!"

这时的泗水滩地弥漫着水气,乡村上空飘散着炊烟,不远处的村子静立,一如既往。那也是我熟悉的大平原啊,读许辉的小说,对于像我这样漂泊在城市里的人来说,是一次精神还乡。安徽地处江淮之间,北受中原文化、南受吴楚文化的影响,作家很难建构出完全独立的叙事个性。一个明显的标志,就是几乎没有可以直接进入叙事的方言,以及由这方言构成的独特地域文化韵味。而许辉的小说,将这一点弥补了。

然而我们今天,还能够珍惜这种弥补的意义吗?

时常听到有人说,许辉的东西不好读。怎么会不好读呢?他的小说基本上是线性结构,一种正常的时空状态,以我的观点看,最易于被读者所接受。但读的人不多也是事实,他们问写了什么?写了什么!每当这种时候,我都很难过。我们今天,已经急功近利到只能读粗糙的,充满了官场、情场、商场搏杀与背叛的小说了,在文学的趣味方面,我们已经只能接受粗糙。我们把大众性提到了前所未有的高度,许辉的优美叙事以及由这叙事所展示的生存和生命状态,因为过于优雅和美丽,已经找不到读者。而许辉还在写《王》,一部以上古文化为背景的,一般人根本无法读得懂的政治小说。然而《王》是一部多么好的小说啊,它绚烂而深奥的叙事,将上古大黄金时代的人文景观,以及中国初始形态的政治,都完美地展现出来了。我说许辉,我一定要写写《王》。这是指写《王》的评论,我非常非常喜欢这部小说。然而我写了吗?我没有写,这些年我急功近利,已经失去了写许辉评论的心境了。

也说不上是惭愧或是别的什么,反正我再见着许辉,不太和他谈小说。唯一能够知道的是,他仍然在写,至于写什么,就不知道了。

这年头,文人都忙着各自抢钱,谁还去管别人干什么?

知道许辉的《碑》得到陈思和的激赏,是在一个酒桌上,席间有人说,许辉的《碑》入围鲁迅文学奖,陈思和在他编选的《逼近世纪末小说选》序言中,表达他获得《碑》时的心情是:"我们终于找到了!"而在此之前,翻遍了一九九六年的各大期刊,他一直没能找到一篇让他满意的短篇小说。非常惊诧,非常非常惊诧,还有隐隐的不安,似乎是自己丢失了什么。

此后,这种不安,一直伴随着我,直到那顿饭结束。

回到家里,我就开始寻找《碑》,几天后,果然在一家小书摊上,找到了传说中的那本《鲁迅文学奖入围作品集》。不知道我为什么不直接找许辉要,我至今说不清因为什么。正如人们所批评的那样,许辉的《碑》没写什么,没有情节也没有故事,你甚至很难用几句话概括。它所写的,仅仅是一些场景、一种氛围,和一个人在春天买碑的路上,一些细微而隐秘的内心感受,而且是以许辉一贯的极其个人化的叙事,以及他对美丽文字的偏好。然而一些平常人的生死大痛,还是在这些文字中一点一点地凸现出来了。你能够感受到春天的气息,季节的律动,还有那种生命在明媚春光下的美好。

我后来时常读《碑》,那是当我厌倦了粗糙的城市生活和自己所制造的粗糙文字的时候。

现在我再看见许辉的时候,一般都要问:最近在写什么?

许辉一般都笑,然后说写了什么,或是没写什么。不太能听清楚,许辉说话,也太慢声细语了。偶尔在吃饭的场合,也能听到有关他的消息,一位对许辉寄予厚望的前辈作家说:"许辉!"摇头,"唉——许辉!"痛心得说不下去了。

许辉好打麻将,听说在开省政协会议的时候,他晚上偷偷地溜出去打麻将,半夜再偷偷地溜回来。许辉是省政协委员。那位前辈,和他同住一室,所以就痛心疾首得不得了。

还有一个段子广为流传:说是有几个人在打麻将,已经夜以继日废寝忘食地奋战几十个小时了,都很困乏。四分之二的人不想打了,四分之二的人还想打,结果就相持不下。其中不想打的人中,有一个灵机一动,说:那好——让许辉来,现在就给许辉打电话!说着去摸手机,等他再抬起头来,发现一屋子的人,全都没影了。

许辉是个"烂屁股",坐在牌桌前,和坐在电脑前一样,可以几天几夜不起来。

一九九六年九月

自古文人多倨傲

注意许春樵,是一九九四年的安徽文学奖评奖,他的中篇小说《请调报告》榜上有名,当时我是初评委,感觉上并不是多好,至少没有他先前的作品好。后来知道,他其时正身陷九陌红尘之中,估计写的时候,不在状态。果然,在以后我们交往很多的日子里,他几乎没有向我提起过这篇小说。他也没有提到过那个奖,他似乎有些不愿提,或是羞于提的意思。《请调报告》之后的几年,没有看到他有新作品出现,我有广泛阅读的习惯,相信他如果写,我一定会看到。

再之后不久,就听说许春樵要调到我们省文联来了。"妈的!老子不干了!"他走进《清明》编辑部,愤愤地说。我们的办公室很破,沙发更破,他坐下来,广泛地散烟,也散到了我。那时他还不知道我是谁,我却已经通过他沸沸扬扬的调动,对他的"老底"知道得一清二楚了。

但我们当时都不知道,我们日后,会成为很好的聊天对手;我们更不知道的是,在紧接着到来的日子里,我们会成为朋友。

　　许春樵调进来了，文学院专业作家。一下从米箩跳到了糠箩里，他自己好像没觉得什么，我们却是十二万分的痛心了。当我们熟悉起来以后，我屡次惋惜道，无法"腐败"了，你再也无法"腐败"了。他并不在意，有些吊儿郎当地说：嗨！不管它了，反正已经"腐败"过了。这造成了他以后和我们的相处中，一种潜在的优越。毕竟，我们都没"腐败"过。他原先的单位，是广电系统一个市场化程度很高的部门，他在里头虽说是个副手，一般性的灯红酒绿，脑满肠肥，也免不了。我问你怎么还用单位的手机啊？你们单位对你还是蛮够意思的，走了也不交。他说：屁！早交了，这是我自己买的，自己交钱——不能"腐败"，是十分痛苦的哦！

　　他一时还不能习惯文联的清贫。

　　所有熟悉他的人，说到他的调动，都只说一句话：脑子有毛病！他的愤然调出，是因为单位出卖刊号，连带追究到他的责任。"上级领导也没怎么你嘛，你发的哪门子大爷脾气？"我说。他倒没说"士可杀不可辱"一类的话，只说烦了，想换一种活法。

　　这就值得换活法吗？毁了自己的大好前程不说，光经济损失一项，就无法弥补。

　　他从武汉读完研究生回来，被提拔到领导岗位的时候，是当时他们厅最年轻的处级干部。

"都不支持我,只赵昂一个人支持我。"有些批评我的意思。赵昂是我们的共同朋友,据说调动之前,曾和他有过一场彻夜不眠的谈话,对他的毅然决然离开官场,回到文学的队伍中来,予以了很高的评价。"噢?他是怎么评价的呢?"我问。回答是:他说春樵,你不属于官场。

这算什么评价?

但在我日后的观察中,发现他确实不怎么属于官场。他太意气用事了,文人的习气太重,而且说话做事都有些"亢"。这是官场大忌,很影响进步,如他自己后来反复向我们说明的:官场有官场的秩序,而他的一些说法做法,把官场秩序给破坏了。

所以虽是愤然退出,仔细想一下,却有些落荒而逃的味道。这就难怪他家乡的人们,要传言他因贪污(或是受贿)让公安局(或检察院)抓起来了。而实际的情形是,为了调出,他几个月没有去系统内的新岗位报到。身处那样的权力场中,往常日日"置酒高殿上",现在突然一下子消失了,不见踪影了,怎么能不让人起疑心?于是各种猜测随之而至,弄得他的大学同学聚会时往往要相互询问他的消息,更不好往他家里打电话。

他们后来说,怕惹你老婆伤心哩,不敢打。

而谣言的继续升级,是因为一九九八年的春节,他在省委宣传部组织的新春座谈会上露脸,电视台的老伙计们,看他人五人六地坐在中间,就假公济私,多给了他几个镜头。这样，他家乡的人们，尤其是他那些不敢或是不好打探消息的同学们，就都看见他了。

"放出来了！放出来了！"他们奔走相告。

此一类的笑话还有不少，许春樵严肃地问：我像坏人吗？我、像、吗！

我们很不严肃地笑。

这样的玩笑一般都是在饭桌上进行，说就说了，笑就笑了，说过笑过，该点菜了。若是别人做东，会征求许春樵的意见，他一律要求大鱼大肉，说是我们贫下中农，吃别的满足不了。我说当官要当副的，吃菜要吃素的，这是现代饮食观念，无奈都不肯听。若是他自己做东，就更是满桌子大鱼大肉，贫下中农得没法说了。

经历过大饥荒的人们啊，他感慨，我小时候饿怕了。

他出生在一九六二年，大饥荒已经过去，不知他这指的是哪一年？然后是率先大吃，一边吃一边问：今天我们还能吃什么？还能吃什么！

这是说肉含瘦肉精，鱼含生长素，蔬菜里有农药残留，黄鳝喂避孕药。后来，他将他饭桌上的议论，整理成一篇文章，发表在一家著名的报纸上，以他一贯优美的语风描述说：人类将在不远的将来，把自己毁灭，面对人类的化石，人将成为地球上一种值得怀念的动物。

这话让我们黯然神伤。

生活中的许春樵，喜欢用一些很严肃的语言，来谈论一些很不严肃的话题,或是用一些调侃的话,将一些话题的严肃性消解掉。"这是很不严肃的",他这样批评自己,然后问我:最近,你又说什么反动话了?

你千万不要当真,你只要接过他递过来的烟就行了。一开始我总是摆手,我说我不抽烟。他说:抽、抽、抽!目前世界上,只剩下这一种绿色食品了。

通常,他拿我当同性对待,并且以他的年龄,应有的尊敬也没有,虽然有些时候,他会尊称我为"你老人家"。

其实更多的时候,我们喜欢谈论一些远离工作甚至生活的话题,因为背景和思维的相近,我们都喜欢抽象的谈话,沉溺于纯思想层面的运作。这一如他的小说。许春樵的小说,总是有一种形而上的荒诞和抽象隐含其中,这在安徽其他作家的作品中,很难看到。《跟踪》、《谜语》、《悬空飞行》、《守望冬季》、《推敲房间》,都表现出了意义的不确定性,以及强烈的形式意识,对小说主体的尖锐插入。这使他的作品,有了一种无法破译的诗性迷离,同时也造成他小说的不易解读。也许是意识到了这一点吧,从《找人》之后,《缴枪不杀》、《放下武器》甚至《夜幕下的化妆表情》,都能够看出,他的叙事风格变了,变通俗了,而用他自己的话说便是:市场很残酷。

他喜欢说一些类似的耸人听闻的话,他并且好辩驳。说到激动处,微微侧昂着脸,斜睨起眼睛,眼白异乎寻常地大。历史上文人倨傲,想来就是这个样子。这时他文人品格中极为不驯的一面,便彻底地暴露出来了。

这两年,读者的审美趣味越来越粗鄙化,那种冷峻、智慧的叙事,或是诗意、缭绕的叙事,都不再为人们所叫好。"文学的尊严在哪里?"许春樵问,"优雅的阅读,还有意义吗?"

他声音很大,很气愤,我木着脸坐着,看一屋子烟雾缭乱,觉得很难回答。

一九九六年九月

十点钟回家的男人

赵昂一开始并不是我文学圈子里的朋友,他是办杂志的,公安杂志,名叫《警探》。所以一开始认识他,是给他写稿。赵昂很严肃很恭敬地喊我"潘老师",因为他比我年轻很多,又是圈子之外的人,我也就很坦然地答应了。后来就熟了,熟了之后他仍然一如既往很严肃、很恭敬地喊我"潘老师",直到现在。

严肃是赵昂的常态。生活中有很多种男人,有的随和,有的拘谨;有的严肃,有的不严肃;有的正派,有的不正派。赵昂是属于那种严肃、正派的男人,对工作、对读书、对家庭、对朋友、对玩。哪怕是玩,赵昂也一定严肃认真地对待。几年前,赵昂爱上了打保龄球,挣的稿费基本上都用到这上头了,坚持下来,每个周末总是去打上个半天。像我们就坚持不下来,我们对待玩总是可有可无、稀里哈拉,不能严肃认真地对待。他爱人小王,当然不希望他去打球,毕竟那是一项花钱的运动。说是说他自己挣的稿费,但是如果不花,那就是家庭的钱,或说是小王口袋里的钱。

所以每回打完球，赵昂都会非常仔细地把球馆的袜子脱了，把鞋子穿正，裤脚拉好，进家门的时候，好让他爱人看不出来。我忍不住要笑。我想我是做不来的，我老公如果不让我打球，而我又去打了球，那一定是一进家门，就让他看出来了。

所以做人，还是严谨一点好。

赵昂同时又是那种很自律的男人，不抽不赌，不谈女人，偏爱严肃话题，不苟言笑。不是说他不爱笑，恰恰相反，他时常笑容满面，但即使他时常笑容满面，你也仍然感到他不苟言笑。不像有的男人，站站不直，坐坐不稳，说黄话张口就来。他也没有语出惊人的话，像许春樵"如今的处长比处女还多"一类的语言，他就说不出来。他的重大的优点或缺点，是严肃而平和。像赵昂这个年纪，经济实力、社会地位、个人阅历，都有一点了，俗话说经了历练，有了沧桑感了，不可能不遇上点什么事，但赵昂的"度"一直把握得很好。现今社会，男人们都跟疯了似的，找机会寻欢作乐，说起来不以为耻反以为荣，所以自律的男人就格外让人敬重。不管是吃饭或是喝茶，抑或是在一起聊天，晚上十点钟以前，赵昂一定回家。许春樵揶揄地说，你看吧，马上要到十点了，赵昂又要走了。我笑。我想他未必是怕老婆，但知道老婆在家等着，知道她在担心，是对家庭也是对自己的尊重。做一个按时回家的男人，也没有什么不好。

一九九二年，我刚从淮北调来合肥的时候，曾有过一段很长的诚惶诚恐时期，主要是原有的人文环境失去了，新的尚未建立。而像我这样的人，对氛围尤其是知识思想氛围，又十分依赖。没有人可以诉说，没有朋友；没有读书的圈子，没有交流。我甚至萌发出重回淮北的念头。所以后来，我们这个读书交流的小圈子建立起来以后，我是非常珍惜的。我说赵昂，我们不要管别的，我们只管读书。这当然是遇到什么不愉快的事情了，我们相互勉励的话，阅读是摆脱平庸的重要途径，所以我们见了面通常是一开口就问：你最近又读了什么？这使我们的交往变得简单纯粹并且美好。冬季下雪的傍晚，我们会约齐了，选择一个小酒馆坐下来，要一瓶白酒，一个锅子，三五个人将酒分了，平端。天渐渐暗下来了，屋里的灯光蒙昧而明亮，雪花撞到玻璃窗上，瞬间就融化了。古人"绿蚁新醅酒，红泥小火炉"，想来也是这样三五至交坐在一处，店不在大，菜不在多，酒不在好。许春樵说时代不同了，现在还有谁看小说？说着说着就有些激烈，或是消沉起来。他说的时代不同了，是指我们的生存境遇和八十年代进入文坛的作家不一样了，我们的生存境遇要残酷得多。当一个心灵的时代演变成了一个官能的时代，阅读就是一种奢侈了。所以我们的聚会，多少有一点寒冬取暖的味道。在这样一个喧嚣的时代，我们仍然希望自己能够成为真正的知识分子，有精神创造力，耽于思考。这在今天，听起来有些可笑了。

记得有一回，我对着他们，大声背诵朱大可描述安徒生的文字："在北欧阴郁而寒冷的车站，安徒生的容貌明亮地浮现了。这个用鹅毛笔写作童话的人，是浪漫主义史上最伟大的歌者之一，所有的孩子都在倾听他。在宇宙亘古不息的大雪里，他用隽永的故事点燃了人类的壁炉。"

我已经很久很久不这样背诵了，而在八十年代，在大学的课堂上，我曾一度沉迷于对一切美丽文字的吟诵。他们都不说话，感动或是有所触动。我说将阔大的诗意流畅地融入批评的理性构架，是我最希望自己能写出的批评文字。许春樵消极地说，我不希望有人知道我曾经搞过评论。

他的意思是，唯有小说还有可能进入喧嚣的现世，若是搞理论，死定了。

然而理性对于我们这样的人来说，几乎是一种命定，在日常生活中其实我们最难以摆脱的，就是思考。像赵昂的文字，充满了不平、疑虑和沉思，同时又敏感而脆弱。几年前，著名诗人公刘，曾以"思想的芦苇"来表述他对赵昂的感受，以至于后来我想起赵昂的时候，脑海里浮起的就是这样一种意象，这种时候，我的心里会很难过。

都是什么时候了，赵昂你还要这样生活？

如果说写作有什么区别的话，那么赵昂的写作是思想的写作。所以生活中的赵昂，有时就爱痛苦地皱着眉头。他皱着眉头说，潘老师我们不行，有些事情，我们受不了。那大约是在街头遇见一个卖花的小女孩，追着要他买花；

或是在回乡的路上,看见曾经葱茏的田园,大面积地荒芜了。他脆弱的心承受不了苦难,更为糟糕的是,他有时连美丽也承受不了。所以痛苦于他,就成了不可避免;而思考于他,也不可避免了。

因此许春樵不止一次教导他:人类一思考,上帝就发笑。

其实人类不思考,上帝才更发笑。愈演愈烈的离婚、单亲家庭、挂钥匙的孩子、令人窒息的生活空间和生活节奏,以及充斥性、暴力和堕落的所谓流行文化,使得上帝对人类已经失去了耐心了。而赵昂认为,有意义的写作是对历史的理性追问。因此在写作的周围,就有许多现实问题无法回避,也回避不了。

这就需要思考。

也因此赵昂从不讳言思考是他文字的品质,他以此作为自身与市面上大量流行的欲望文本和消费写作的区别,并以此为骄傲。为了保持思考的深度和速度,我们同是书店的常客。来了什么好书,相互通报一声;读了什么好书,如不能见面交谈,就在电话里交流。对大众文化、对商业语境、对性消费、对民间文化良知建构中知识分子的作用和地位,我们都不止一次作过很深入的探讨。这时候的赵昂,虽然仍旧很严肃很恭敬地称呼我"潘老师",但实际上我们已经是很平等的朋友了。

思想上的朋友。

又看了一本书，我提议坐一坐。话题涉及民间的思想界、批判性话语和社会公正，争论渐渐激烈并且深入。茶座外头霓虹闪烁，舞乐震天，有一瞬间我不禁疑惑：在这样的时代，这样的环境，我们这样活着，还有意义么？

一九九六年九月

思想者欧老

大约是二〇〇〇年的十二月二十五日，因为要为《新安晚报》的世纪专刊赶写一篇关于安徽历史文化的文章，我专程去向欧远方先生请教。其时，欧老正生病住在医院里。我没有像通常那样送花篮，而是抱去了一大抱康乃馨。一大抱，就那么抱着，也没用丝带扎拢，取它的丰沛充盈，当然，更取个吉利。欧老精神很好，对我提出的问题，仍然是反应敏捷，言辞犀利，几句话就说清楚了。病房里摆满了鲜花，这使安坐其中的欧老看上去面色红润。因此告辞时我想，欧老是一定能够得享大年的。

真正和欧老接近，是在拍摄《皖赋》之后，那时我正因为无法为这部内容丰富驳杂的历史文化大片找到一条叙事主线，而陷入深深的苦恼之中。于是有人出主意，让我去向欧老请教。欧老阐发了他晚年卓有创见的"三个文化圈"的理论，认为安徽因为历史和地理的关系，形成了淮河、新安、皖江三大文化圈，以此为主线，看起来纷如乱麻的材料，一下子就清晰起来了。我听了，振聋发聩，并且感佩莫名。此后，拍摄中一遇到难题，就打电话去向欧老请教。欧老并不因我的打扰而生气，总是有求必应，有问必答。

所以很快，我和欧老，就成了忘年交。

欧老好饮，并且有量有品，境界很高。现实生活中，有的人有品无量，有的人有量无品，品量兼美的饮者，不多。曾有几次和欧老一起吃饭，得见欧老丰采，发现他虽然言辞滔滔，酒桌上却话不多。他总是把杯子端起来，向众人央一央，不等人们有所反应，就一饮而尽了。再给他斟，他也不拦，只看着你斟，笑。桌上有他的第一代弟子、第二代弟子、第三代弟子，争着向他敬酒。第一代弟子已经很老了，第三代弟子也已经不年轻了，但不论老与不老，都一律执弟子礼，接下来就争论谁入门早，谁出道早。我因为有点酒量，就也想投到欧老门下，做个关门弟子，免得被众人排挤。但欧老早年立下的规矩，不收女弟子，带艺投师的更免谈，也只好作罢了。

"人生难得谋一夕之醉啊"，我举一举杯，向欧老说。欧老说：好，好，好。然后端起杯子，不等我站起身来，就一饮而尽了。

欧老的酒风，真好。

《皖赋》顺利完成之后，欧老在家里摆庆功宴，他的几代门生弟子都到了。邹部长亲自下厨，做了她拿手的白萝卜炖淡菜和香酥扒鸭。邹部长说老头子，我亲自下厨，你什么规格！欧老不应，由他的门生弟子去七嘴八舌地感谢，只笑。拿出的酒是茅台和酒鬼，几个人一见，眼珠子都不转了。

有人说喝啊——搞！

欧老笑，摇头——是嫌他的酒风不好。

众人却顾不得了，争先恐后地站起来坐下，坐下站起来，向欧老敬酒，这回是不等欧老端杯，自己先干了。

当然也包括我。

这就是酒鬼和酒仙的区别。

我的散文集《北方驿站》寄去，欧老正在病中。在那之前不久，我曾专门送去我商业气息浓厚的两本小书：《城市呓语》和《爱情这逃犯》。坐下就自己先说不好，急功近利，没有文人气，送来给欧老随便翻翻。放下后就走了，心中却一直忐忑，不知这样浮躁的文字，欧老是否看得下去？后来邹部长说，老头子说好，语言活泼！这是肯定吗？是有所保留吧？欧老晚年致力于弘扬中华民族优秀传统文化，大胆求实，识见独具，对文章的思想性和深刻度，要求尤高。对我那样浮器的心态下，写下的浮嚣的文字，不会不有所失望，所以才只夸我的语言活泼。《北方驿站》里收的，大都是我早期的散文，虽不敢说"秋水文章，不染尘俗"，但还算干净优雅，有的，也还有些深度，想来欧老看了，会比读那两本书时心情要好。正想着什么时候去向他老人家请教，就有消息说欧老逝世了。

再也不能去向欧老请教了。

邹部长说：老头子临去世前几个小时，到处找你，要你写一篇纪念吴敬梓逝世三百周年的文章，打了好几个电话，也找不到。我说我回去给我生母迁坟去了，我老公前天夜里打回的电话。说着，我就哭了。邹部长也哭了，她哭着说：老头子临死前交代的最后一件事，我们把它做好。

欧老老家来的亲戚，在医院里陪伴了他很久的，看见我送去的花圈上的名字，说：我认识你，欧老在医院里，总看你的书，你是叫潘小平？我点点头，忍不住就流泪了。我知道，他读的是《北方驿站》，我想，总算没让欧老太失望地走了。

二〇〇一年四月六日，星期五，农历辛巳年清明后一日，欧老追悼会，上千人赶去为欧老送行，一时，北郊空阔的殡仪馆门前，挤满了人和车。一个出租车司机骇异相问：是个什么官啊？来了这么多人！

我说是欧老，一位思想者。

作为思想者的欧老，永存。

二〇〇一年五月

天真杜仲

画家杜仲近来情绪很好,不仅走路"劲儿劲儿"的,还经常性地满脸是笑。这情形久已不见了,这半年多来,我们习惯于看到他的,是面目严肃地走来走去,问他话才说,有时问了也不说,一副不与我们为伍的样子。众人均很有意见,说:不带他玩了!所谓不带他玩,是指吃饭的时候不叫他。我们办公室三天两头吃饭,不不不,当然不是公款,我们一个小小的编辑部,哪来的公款消费啊!我们是蜻蜓吃尾巴,自吃自。所以不带谁玩,就意味着谁自绝于人民,是很重的惩罚。然而杜仲并不理会,依然表情严肃,匆匆走进——走出,一言不发。

周旗小声问我们:知道杜仲这两天为什么笑吗?他入选"北京双年展"了!

杜仲也就终于憋不住,凑上来和我们说话。其实他早就想说了,无奈我们一直待理不理,接不上话茬。现在既然接上了,就有些迫不及待,兴奋得语无伦次了。而众人听着,脸上也渐渐凝重,因为这一消息对于我们来说,毕竟太重大了!

就是对于整个安徽美术界来说,也算得上意义重大。

有必要先来说一说什么是"北京双年展"。随着中国综合国力的大幅跃升和国际影响力的扩大,中国文联、北京市人民政府、中国美术家协会决定共同举办首届"中国北京国际美术双年展",简称"北京双年展"。国际艺术双年展始于一八九五年的威尼斯,从此开启了世界艺术双年展的大门,一个多世纪以来,一直以众多的参展国和持续的影响力,成为国际文化交流的重要方式和手段。有很多国家都以举办双年展作为体现其文化价值、弘扬本土文化和借鉴外来文化的窗口和契机。"北京双年展"自二〇〇二年秋季启动以来,目前已选定四十八个国家的一百三十五位艺术家参加主题展,其中亚洲地区参展作品两百件,欧洲地区一百二十五件,美洲地区四十五件,非洲地区二十件,澳洲地区十件,参展者均为世界级的艺术家。而在国内,应征作品一千一百一十二件,仅有七十三件入选,油画就更少了,二十一件。

这下你知道杜仲为什么激动了吧?

杜仲入选的油画作品名为《黑云彩·白云彩》,以西藏生活为题材,我虽不懂油画,也能感到画面深沉厚重,有大美大爱洋溢其间。多年以来,杜仲一直以中国西部作为他的描写对象,创作了《盘羊与月亮》、《圣洁与风情》、《圣灵的光》、《风吹唢呐声》、《云高黄土坡》等一系列以西藏和陕北生活为题材的作品，在形成自己题材优势、经验世界的同时，也形成了自己鲜明的艺术个性。西部苍凉莽宕的地形地貌、恢宏神秘的色彩、纷繁厚重的文化，给了杜仲广阔的创作空间和无尽的创作源泉。"西部"作为一个文化符码，在杜仲的作品中，有着丰富的内涵。他极少单纯地表现自然风光或者风物，在他构筑的画面中，"人"永远是最中心、最崇高的表现。而且杜仲人物，带有明显的图腾意味，就是那些裸露的高原骨架和纵横的山脉线，也都不再是单纯写实，而是经过高度抽象，具有了文化符号的意义和撼动人心的经验美感。文化是一个民族生存理念与价值取向的反映，同时还代表着一个地域、一个人类种群的信仰崇拜和约定俗成的生活方式，不同文化之间，既有差异性又有共同性。在世界经济全球化、一体化、信息化和数字化进程日新月异的今天，在西方强势文化面前，保持国家概念意义上的民族文化和价值系统的独特性，成为一件至关重要的事情。从这个意义上说，杜仲《黑云彩·白云彩》的入选，正体现了主办者在这一方向上的努力。

就在我写这篇文章的时候，杜仲快步走进来，拿出一张他儿子的录取通知书，上头赫然写着：中国科学技术大学。

双喜临门。

所以杜仲你不要看他有时假装严肃，他其实很有几分天真。

二〇〇三年八月

沉默志保

和志保认识，是在一九九六年的冬天，他和《儿本平常》的作者郭本龙来省里开"青创会"，我自作主张代表编辑部请他们吃饭。从宾馆把他们叫出来的时候，已经是晚上的五六点钟了，冬季天黑得早，长江路上早已华灯灿然。我和邹正贤老师领着他们两个，在长江路南侧边走边四处张望，却发现进去一家，一家人满为患。很诧异，一问，才知道当夜是西方的圣诞夜。西方的圣诞夜，合肥为什么如此喧闹呢？我们有些不解。

后来，勉强在一家名叫"七星椒"的火锅店站下来，等着翻台。邹正贤老师是他们二人的责任编辑，相互间比我熟，但志保好像一直也没说什么话，给我的第一印象是沉默寡言。那时我刚刚读过他的《黑白道》，很喜欢。志保的中篇，常人所最不能及的地方是在叙事上，那么放松、流转、自然，仿佛石上流泉。极少有人能像他那样，让叙事进入如此放松的状态。我读小说，不太注重故事，也不太注重情节。我以为，一篇好的小说，固然取决于有一个好的故事、好的架构，但更重要的在于叙事本身带来的美感和愉悦感。志保的叙事，常常会让我感到惊诧，读的时候，我会忍不住停下来，万分不解地想，这个志保，他怎么能写得这么放松啊？是什么样的禀赋，让一个业余作者，写作处于如此放松的状态？

那几年是志保创作的高峰期，《父亲是座山》、《葵花朵朵》、《温柔一刀》、《灰色鸟群》、《麦子熟了》、《干事的日子》、《茉莉》等，一篇篇写出来，发表出来。几乎每一个中篇，都有权威选刊选载。志保的小说，基本上是发在《清明》杂志上，基本是邹正贤老师做责编。他们二人，都有些沉默寡言。有时志保从涡阳来了，到了编辑部，也只是这个办公室站站，那个办公室站站，笑，几乎不说话。志保的笑，真实，无声，还有，憨。他就那么憨憨地笑着，站一会儿，告辞出来。我说志保，《灰色鸟群》写得好，有了意义层面。说这话时，他的中篇《灰色鸟群》刚刚在《清明》上发了头条，我有一种欣喜感。我说你的小说，过去没有这样美丽的意象或意绪，这一篇有了大的改变。志保看着我，笑，不表态。如今像志保这样真笑的人，是越来越少了。我是一个滔滔不绝的人，好为人师，但不知为什么，和志保说话，会变得比较简洁。曾经有一度，编辑部很希望他能调来，来回折腾了有一阵子，他仍是犹豫不决。我后来知道，志保在家虽不是老大，但要承担家庭中的很多事务，尤其是在大的方面。皖北那个地方，不说你也知道，靠写小说是没人在乎你的，得做官。志保在当地的组织部门工作，在外人看来，有点小权。想来是他的家人和家族，不希望他调到一个清水衙门来吧！也可能是志保自己不愿放纵自己，觉得应该有所承担。总之调动的事情，就这么放下来了，志保再看见我，就有些抱歉。我由此知道了人和人之间的区别。当初我的父亲，也是希望我能走仕途的，被我一口回绝。我说我为什么要因为别人，去选择我不喜欢的职业？

随着涡阳划归亳州，志保从县委组织部考入市委组织部，志保的创作，开始不在状态。是没有心境，也是没有时间。官场有官场的秩序，不可能由着你的性子乱来。我感到可惜，每次见到志保，都要说他两句，志保笑，也不分辩。只最近的一次，我又批评他这个样子是辜负了自己，他分辩说，想写，就是事多，忙，乱。志保到亳州以后，妻子仍然留在涡阳，因为身体不好，女儿就由志保带在身边。志保的女儿上高中了，正在关键阶段。家庭和家族里，也都隔三岔五地有些事，都是麻烦。志保不是一个长于运作的人，不会钻营，这么多年，也没有升官。就有些不堪重负，但仍然勉力去做，虽是无奈，也是承担。深秋的夜晚，很有些凉了，志保推着车子，送我往宾馆去，路上几乎没有人，华灯璀璨。志保已经有了白发了，说到目前的处境和状态，越发沉默。我们就这么默默地走着，一点点走进城市的中心，渐渐把黑夜留在了后面。

二〇〇五年九月

秋日的某个午后

宿州是我的出生地,但是很多年以来,我对那里没什么感情,即便经过,也不下车。我身上所散发出的皖北气息,是淮北那座煤城给予我的;而我,也只有想起它的时候,才会涌上日暮乡关的愁绪。所以当一个文学界的朋友告诉我说,你老家有个陈民振,散文写得很好时,我表现出了十足的诧异:"肯定不是写散文的,"我说,"如果是写散文的,我不会不知道!"

当然不是写散文的,朋友不屑道:这年头,写散文能写出什么?

十月里,选一个天气好的日子,我带着我们编辑部的几个人出发了。是纯粹漫无目的的出游,不是秋天到了嘛,顺带地,也去会会这个陈民振,听说他有点傲。背地里,也经常有人说我傲,因为这个,我入党转正差一点没转成。所以对被人批评为"傲"的人,我一律抱有同情的态度,知道他们是和我一样,受委屈了。陈民振坐在班台后面,看见我们进去,站起来,握手、上烟、上茶,然后,就坐下来了。

没什么特别的感觉。

班台很阔大,椅子很高,陈民振坐在那里,有些居高临下。现在我们知道了,陈民振是一名企业家。

陈民振的企业,名叫"金三维集团",据说在中国"物探"行业,排名老大。我很吃惊,搞不清"物探"是个什么行业,像从未听说过他的散文一样,我也从未听说过他的企业。不过这些就不去管它了,我们不就是想看看这个名叫陈民振的,散文写得怎么样吗?管这些不相干的干什么?

说了一些官话、套话、相互吹捧的话,很快就吃午饭了。因为去了很多宿州文学界的朋友,陈民振渐渐活跃。"喝!"他说,"今天开戒,喝!"

他的意思是他戒酒很长时间了,因为我们去了才又开喝。这不必当真,很多人在酒桌上,都说过同样的话。我们编辑部重量级的选手没有出场,不过就我带去的几位,综合实力也足够了。就喝,不再做作。这一方面是因为,毕竟皖北是我熟悉的文化氛围,难免本质大暴露;一方面也是因为轻敌,认为这个什么陈民振,没什么不得了。后来,我和我们的人,就都有点喝高了。

可以稍感安慰的是,陈民振比我们喝得还高,他开始背诗了。

陈民振一喝高,就开始背诗。是唐诗,以及宋词,一句一句，一首一首，如流水、如瀑布，滔滔不绝。不久，他的身躯开始摇晃，双眼也开始迷离，人完全沉浸其中了。

这时候我才看出来，陈民振的个子很高。

"塞下秋来风景异，衡阳雁去无留意。四面边声连角起。千嶂里，长烟落日孤城闭。"范仲淹的《渔家傲》。"箫声咽，秦娥梦断秦楼月。秦楼月，年年柳色，灞陵伤别。"李白的《忆秦娥》。我十六岁的时候，去给我生母上坟，填过一首《忆秦娥》，我父亲偶然看见了，表示吃惊。不是说写得好，而是惊诧我小小年纪，竟然有了如此敏感消沉的内心。后来在大学里，我一度迷恋上古典诗词，背了不少，也学着写了不少。所以这是咱的强项啊，就也背："万感中年不自由，角声吹彻古梁州。荒苔满地成秋苑，细雨清寒闭小楼。"文廷式的《鹧鸪天》，他不知道了。一般人只关注宋词，对清人的词不在意，而我因为创作历史题材的小说，文廷式的集子刚刚读过。噢，文廷式是珍妃的老师，才子风流。"三生花草梦苏州，红是相思绿是愁。"这是集龚，我一度非常喜欢龚自珍。在我们的诵读声中，周围的一切悄然隐去，而窗外喧嚣的市声，也如潮水一般，退到很远很远的地方去了。

很久没有这样背过中国的古典诗词，很久没有这样放肆过了。日常生活的尘埃越积越厚，足以使你遗忘诗词的存在。我原以为，那些曾经撼动中国的句子，在轻佻的当下，会一直沉默下去，不想有这么一个人，在秋日的某个午后,以他的皖北口音,将它们重新歌唱出来了。

这是唤起人久远记忆的一刻,也是令人感动的一刻,我由此获知,那些积存在我们民族心灵深处的,美丽而古典的精神,并没有在现代消亡。窗外的秋色一天天老去,满地是熟透了的日光。

那是多么令人感动的、久违的一刻啊,原来在宿州城厢的一隅,还藏着一个儒商。

二〇〇五年十月

辑 二

"五〇后"作家群

潘军：绝处逢生，于山穷水尽

潘军是二十世纪八十年代先锋小说的代表作家，创作上有过人的表现。和安徽其他作家相比，潘军有着异常的小说禀赋，也可以说，他是一个天生的小说家，具有优秀小说家所必备的种种素质。他又具有良好的文化素养和思想潜质，在先锋小说最为风光的年代，于先锋之上，独树一帜。荒诞、漂泊、虚无、宿命，是构成潘军先锋文本的核心元素，而在技术和艺术的层面上，潘军小说不断追求、放弃、解构、建构，丰富了先锋文学的表现力，也为荒诞在中国的现代表达，提供了新的视域。到了九十年代，当先锋小说家集体失语之后，潘军凭借着超常的智慧和深厚的学养，使自己的创作绝处逢生，为先锋小说开出了一条新路，成为后先锋小说（又称后新潮小说）中最有实力、最有成就的作家。其后的转型之作《死刑报告》和《合同婚姻》，以题材的现实性和叙事的当下性，成功融入商业文化语境。有评论家指出，"潘军算不得先锋小说最优秀的代表，但他确实是先锋小说告别仪式中最引人注目的一位，正因为他的创作，先锋小说才未草草收场"。在安徽"五〇后"作家群中，潘军也是创作数量最多、质量最为整齐的作家，一九九九至二〇〇〇年被称作"潘军小说年"，绝非浪得虚名。

梁小斌：被社会抛弃的思想者

二〇〇五年，诗人梁小斌荣获中央电视台首位年度桂冠诗人。年度诗人推荐语是：梁小斌诗歌中蕴涵的深情和智慧，是近十五年来汉语写作历程一个多棱面的见证，更难得可贵的是，这样冰块一样生活着的诗人，通过自己卧薪尝胆的努力，恢复或说绵延一种纯粹、高贵的文学理想——以透明消解阴晦，以深沉埋葬浅薄，以少战胜多。

在我看来，梁小斌不仅是一个诗人，还是一个思想者。他因思想被这个社会所抛弃，却独自享受思想的痛苦和快乐。因为刚刚过去的一场大病，梁小斌突然被社会所记起，在媒体的推波助澜下，腾起一片喧嚣。然而要真正摆脱"梁小斌困境"，几乎没有可能——商业文化语境下，一个仅剩下大脑的人，一个完全生活在文本与思想中的人，他身陷困境的可能性只能越来越大。

朦胧诗后，在近二十年的时间里，诗人梁小斌留下了近百万字的思想随笔，显示了他在卓越的思想之外，还是一个文体家。梁小斌文本的精神取向，接近宗教，他总是无限期地接近什么，但又从未真正达到。梁小斌文本的另一个重要特征，就是它的寓言性。他总是在人们的思维盲区摸索，以一种自传式的自我意识，对事物进行观察。《独自成俑》、《地主研究》、《梁小斌如是说》等文本，不仅表现出概念的准确性，更体现出他对从未遭受质疑的一些命题进行思考的知识勇气。尽管知识界思想界对梁小斌思想随笔评价甚高，但令人遗憾的是，它们一直未能真正进入媒体或大众的视野。

这不仅是"梁小斌困境"，也是这个社会的困境。

季宇：文学全程的亲历者

季宇的小说创作起步很早，始于二十世纪八十年代初期，先短篇，后中篇，再长篇，贯穿于八十年代、九十年代、二十一世纪一十年代，从某种意义上说，是新时期至新世纪文学全程的亲历者。不同年代文学风貌的差异性，为他提供了截然不同的生存空间和话语空间，也为他的创作带来了不断创新的可能性，带来了丰厚的文学成果。大体说来，季宇小说分为"历史"和"现实"两大类别，在以《当铺》、《墓》、《盟友》、《县长朱四与高田事件》、《王朝爱情》、《暗语》、《复仇》为代表的历史类中短篇中，他为自己开创了一个地域性的文学世界，形成了鲜明的"季氏风格"。因为有着独特而统一的气息和意味，因此有评论家将之命名为具有鲜明文化地标性质的"五湖地域小说"。而以《共和，1911》、《新安家族》、《徽商》为代表的长篇历史小说，包括《段祺瑞传》、《冯国璋传》等人物传记，一方面显示了作家驾驭长篇、再现历史的能力，另一方面也显示出作家的思想深度和经验深度。借助于现代影视强大的覆盖力，季宇的长篇为他赢得了巨大的社会声誉，而在完成自身突破的同时，他也将"文学"成功地拓展到了"影视"领域。

季宇的另一类小说，《灰色迷惘》、《名单》、《证人》、《最后期限》等，关注现实，展现当下，构思精巧，结构严谨，故事跌宕起伏，情节一波三折。思想性、文学性和可读性的高度统一，是季宇小说最显著的特点之一，正是由于这一点，使他成为同时期作家中，为数不多的活跃于各个历史时期的写作者。

钱念孙：学者立场，大众情怀

因为对当下话题和政治经济生活的关注，近年来钱念孙在学界渐渐淡出。但他早年的学术著作《文学横向发展论》，从宏观上立体勾勒出世界文学横向发展的总体历程，同时对细部进行必要的描绘,被认为是一部"最具原创性、最富前瞻意义的优秀著作",其学术价值至今仍为学界所推崇。他洋洋四十万言的理论专著《朱光潜与中西文化》,在古今中外文化交流的大坐标上,考察一代美学大师对中国学术所作出的独特贡献,在理性而绵密的分析中,挖掘朱光潜对于当代中国美学理论建构的意义和价值。钱念孙曾把参与乃至引领当代学术建构,作为衡量学术大师的一个重要标准。也许正是基于此,他才把自己的学术活动,延伸进经济社会的方方面面,参与到普通人的精神建构之中。他"演义体"的普及读物《中国文学史演义》,深入浅出,生动细腻地描绘了悠久灿烂的中国传统文明,将世间万象、人间百态融入学术思考,表现出了不同于一般学者的智慧与才情。他的《中华三德歌》,采用中国古代"四言"形式,易读易诵,朗朗上口,对弘扬传统美德,构建和谐社会,起到了潜移默化的作用。

许辉:让小说散发出纯美的气息

就小说叙事的纯洁度而言,"五〇后"作家群中,许辉绝对首屈一指。在九十年代,许辉创造了自身的辉煌,也将安徽小说叙事拉到了一个前所未有的高度。差不多二十五年过去了,直到今天,我耳边仍然萦绕着小瓦女伴呼喊小瓦的声音,感受到暮色苍茫的大草甸上,男人和女人之间那柔肠寸断的缠绵和温柔。从个人的趣味出发,我一直认为《焚烧的春天》和《夏天的公事》,是最好的小说叙事——美丽、纯粹、温暖、朴素。借助于这样的文字,许辉在他家乡泗水的河漫滩上,渲染出无边的乡村暖意,以久久不散的纯美气息,直达人的心灵深处。而他的短篇小说《碑》,没有情节,没有故事,甚至很难用语言来概括,却完整地展现出一种生命状态;一些平常人的生死大痛,在他美丽的文字中,一点一点地凸现出来了。阅读《碑》,你能够朦胧而清晰地感受到春天的气息、季节的律动,以及生命在明媚春光下的美好。

今天,"受伤的母语"再也产生不了这样优美的文字了。

王达敏:站在中国当代小说的潮头之上

从《第三价值》、《稳态学》等理论专著,到《新时期小说论》、《余华论》等作家作品评论,王达敏完成了他"理论与批评一体化"的思考和建构过程。充分的哲学准备,扎实的理论基础,科学的研究方法,鲜明的批评个性,使王达敏在安徽理论批评界独树一帜,一言九鼎。他将《稳态学》的理论,运用于当代小说的批评之中,以生长性、开放性和不确定性为出发点,赋予文本以极大的解读空间,充分显示了他的理论实力和批评能力。《中国当代人道主义文学思潮史》是王达敏对中国当代文学的又一贡献,以"人道主义"为切入视角和精神视点,他重新梳理了中国当代文学人道主义书写的历史,厘清了从启蒙人道主义向世俗人道主义发展变化的轨迹。王达敏的小说批评,从作家和文本出发,有理有据、有识有见、有针对性,同时富有感性和激情。海量的阅读和独到的眼光,使他始终站在中国当代小说的潮头之上,对小说创作的走向和发展态势,发出自己的声音。

沈天鸿:新诗潮最重要的诗人和理论家

沈天鸿是现代诗潮(新诗潮)最重要的诗人和理论家,是中国当代诗坛少数既有丰富的创作实践,又建构了自己诗学理论的人。立足于丰厚的母语之上,他的语言达到一种炉火纯青的境界,朴质、浑厚、清澈、洗练,焕发出沈氏所独有的质地和光芒。而对西方现代诗歌和中国古典诗歌的打通,以及对现代口语的熔铸和提纯,又使他的诗自由灵动,独特而不可复制,如论者所形容,善于"在即将崩溃的悬崖上保持危险的平衡"。他是朦胧诗之后,较早自觉进行语言探索的现代诗人之一,他于一九八八年提出的"反抒情或思考"这一"截然区别于前此一切诗歌亦即广义的古典诗歌的特质"现代诗概念,大大掘进了中国现代诗的表现深度,当年影响了一批"先锋"诗人,至今仍有生命力。他的《现代诗学：形式与技巧30讲》是中国第一部系统阐述现代诗歌形式技巧，明确同一技巧现代与古典区别之所在的诗学专著。诗人的写作经验和对诗的认知，使他的诗歌理论独具一格，远离空谈。他也是少数几个三十年来仍保持旺盛创作活力的诗人之一，在同时期的重要诗人都渐行渐远、不再写诗的今天，他近期发表的组诗《中国音乐：苍天的声音》、《莽莽昆仑》等，仍保持了很好的状态和很高的水准。卓然独立于任何群体和宣言之外，沈天鸿默默建构和完善着现代诗学理论，并在写作中始终践行自己的诗学理念。现代诗的感觉，现代诗的质地，和现代诗人沉郁的气质，使他的诗歌犹如夜空中的星光，明亮而深邃，让人在仰望的同时陷入沉思。

李平易：平易老辣

莫言曾赞"李平易老辣"，一语道破李平易小说叙事的特点。上世纪八十年代，李平易挟《巨砚》、《断墨》、《白纸》、《空笔》等徽州题材的系列短篇，闯入先锋语境下的中国文坛，以平易老辣的叙事态度和叙事风格，引人注目。徽州人物、徽州故事、徽州风情、徽州风物，李平易以他对故土的深怨和深爱，建构了完全徽州意义上的地域文化小说。作为一个独立的民俗单元，徽州社会有着鲜明的历史人文和价值取向，以及迥异于"他域"的世俗生活。长期的生活积累，长久的文化熏陶，使他笔下的徽州阡陌如染，软红十丈，老屋、老桥、高墙、深巷，闪耀着夕照般的辉煌。而人物的悲欢离合，命运的起伏跌宕，又使他的叙事散发出巨大的人生悲凉。作为一个优秀的小说家，李平易小说具有语言洗练、结构匀称、意蕴丰富、格调冷峻四大特点，他对徽州地域文化及徽州地域人格的呈现，至今无人超越。

王英琦：苦难的人生，无望的灵魂

在上世纪八十年代，新时期文学初期，王英琦曾被称作"大陆三毛"，当然，这不仅是因为她为文的率性，还因为她为人的率性。率性而为，踽踽独行，是王英琦刚一登上文坛就呈现的文学姿态，也是她最终留给人们的背影。

除了以成名作《有一个小镇》为代表的早期散文，有着朴素、平静、生活化的叙事之外，她此后几乎所有的文字，都充满了苦难、焦灼、孤独、无望和灵魂的拷问。她是人生旅途上"永远的游子"，"背负自己的十字架"，一意孤行。仰望星空，她有融入宇宙的茫然与冲动；俯视大地，她有难以挣脱的寂寥和苦痛。她对人生的追问，撕心裂肺甚至歇斯底里；她对自我的放逐，毅然决然以至放纵。她"狂飙式的思想独语"，将自己彻底排除在了世俗之外，市井之外；而她拒绝文坛的勇气，让喜爱她的人们深感惋惜与震惊。她后来的无语和失语，或可看作她对文学从云端坠入泥淖的失望，她那视文学为生命，视写作为人生的"残酷激情"，在一个市场化欲望化的时代，实在是难有用武之地。

然而王英琦和王英琦的时代，虽已远去，却不会消失，它永远高悬于我们的头顶之上，给我们胆量，让我们警醒。

严歌平：实验的激情，思想的表达

在上世纪八十年代，安徽文坛的一群青年作家中，严歌平是一个引领风骚的人物。这不仅仅是指他在新时期文学初期，在全国多家刊物上井喷式地发表了《西雅图航班》、《贝多芬之死》、《礼拜天的故事》、《角色》、《周末》、《城市病》、《游说者》、《抽屉》、《界定》、《名胜》、《花痴》等一系列中短篇小说，而是指他曾以自己的理性精神和文本实验，影响了他所在城市的一大批文学青年。在安徽创作界，马鞍山曾被称作小说重地，这与他有很大关系。移民城市包容、多元的文化生态，钢城大工业的气息，赋予他的小说以强有力的内涵。这之后他有较长时间的沉寂，但他对历史和现实的历史追问，从未间断。在他后期创作的《打工实验》、《绝对记忆》等作品中，早年那种锐利的语感和奔腾的激情已不复存在，也不再有先锋叙事紧张而焦灼的实验冲动，而是追求一种知性和包容，追求平静而朴素的美感。经过岁月的淘洗，他的思想也渐渐走向成熟与阔大，却也迥异于传统现实主义，而是暗示出现代主义的审美指向，意象斑斓，意义多元。

让自己的写作成为思想的写作，曾是严歌平渴望达到的境界。

唐跃：官员学者，学者官员

认识唐跃，是从他早年发表于多家学术期刊的一系列作家作品评论开始，那是上世纪八十年代后期，我还在高校教书的时候。我最初的学术方向，是叙事学和与之相关的新时期小说叙事，因此对他基于文本分析的文章，印象深刻。那是一个令人怀念的时代，中国学人仰望星空，俯视大地，情感空前浪漫，思想空前活跃。在社会全神贯注于引进、模仿、研究、争论西方新潮理论的学术情境下，在八十年代百家争鸣的学术风暴中，唐跃爆发了。借助于多学科理论，立足于小说叙事本身，他的评论迅速引起理论界的关注。一九九三年，他与人合作的理论专著《小说语言美学》和《接受修辞学》，由上海教育出版社出版，由于"开拓新的研究领域、运用新的研究方法、建构新的理论体系"，又由于"综合运用了接受美学、符号美学、审美心理学、现代修辞学以及文化学等有关理论"，在学界评价甚高。那已是九十年代初期，此后不久，唐跃就转入仕途，与学术和学界渐行渐远了。

无数次地为他惋惜,以为他若继续做研究,一定会有大成就。然唐跃为人,温文尔雅,谨饬躬行;唐跃行政,以人文为先,艺术为上,为文艺界营造了很宽松的创作氛围和艺术生态。但还是为他惋惜,以为若是留在学界,早已名满天下了。忽然有一天,唐跃拿出了他的《藤花小屋读画》,捧读之下,大吃一惊,原来他这么多年,仍然在坚持。唐跃的画评和画论,文笔隽美,思绪深邃,角度独特,知识渊博。深厚的学养,丰沛的人文储备,使他的评论直达绘画本质,通向灵魂深处。由学者而官员,由官员而学者,唐跃始终不改的,是他的书生本色!

附:一言难尽潘小平(王达敏)

在"五〇后"作家中,潘小平的创作起步较晚,一直到九十年代中期,才由理论转向创作。但起点较高,进步较快,在很短的时间内,就引起广泛的关注。潘小平的早期散文,意象绚烂,辞藻富丽,文字富有张力;随笔以生活琐屑入文,用笔大胆泼辣,语言犀利鲜活,有人形容"犹如一盆活蹦乱跳的鱼"。而她以《乡村落日》为代表的叙事散文,意疏笔淡,朴素自然,写人记事,简括以至清寒。深厚的学院背景和人文储备,赋予她独特的文人气质和文字功力,而率性而为,大马金刀的处事风格,又让她的文字狂放不羁，充满个性。此次刊登的四组散文：美文、随笔、电视散文、叙事散文，呈现出截然不同的文本形态，很少有人能够像她那样，在多种语言样态中自由穿行。世俗立场和精英立场，是潘小平交替而出的两大站位，而其最大的特点，是以世俗的情怀表达精神的焦虑。有感于世俗生活的崛起和商业语境的喧嚣，潘小平很早就介入电视，试图借助现代传媒，将精英的理念传达给大众。去年以来，她又把笔触伸进小说创作，已发表的中篇《少男》和《扁豆花开》，叙事充盈，手法绵密，内蕴思想的穿透力。只是这样多头并进，是不是一种才能和精力的自耗呢？也未可知。

"六〇后"作家群

许春樵：先锋叙事，迷宫结构

许春樵的中短篇小说，总有一种形而上的荒诞和抽象隐含其中，这在安徽其他"六〇后"作家的作品中，很难看到。这使他卓然独立于这个群体之外，成为安徽"六〇后"作家中唯一具有先锋品质的小说家。

《季节的景象》、《跟踪》、《谜语》、《悬空飞行》、《守望冬季》、《推敲房间》等，都表现出了意义的不确定性，以及强烈的形式意味对小说主体的尖锐插入。这使他的作品有一种无法破译的诗性的迷离，同时也造成了他小说的不易解读。交织的线索，多层次的展开，扑朔迷测的情节设计，使得结构本身就具备了暗寓和象征的功能，而在这一现代主义的结构迷宫中，作家的表达恣意而磅礴。但从《找人》之后的《一网无鱼》、《生活不可告人》、《来宝和他的外乡女人》甚至《夜幕下的化妆表情》，我们发现，他的叙事风格变了，那种冷峻、智慧的叙事，或是诗意、缭绕的叙事，都不复再现，从先锋的语境中抽身而退，渐渐趋向人间烟火。这或可看作是作家向市场的妥协和退让，也表现出一种对世事的洞穿和思想的成熟。

迄今为止，许春樵发表了六十多部中短篇小说，这在"六〇后"作家群中，也是一个值得骄傲的数字。

陈先发：让每个诗人都成为一座孤岛

最早注意到陈先发的诗，是那首被无数人解读过的《前世》，挟"化蝶"这一传统意象，它轻而易举地击中普通人的心灵。读陈先发的诗，《前世》、《丹青见》、《鱼篓令》、《残简》等，我们常常被一些我们所熟知的古代诗歌意象所"惊醒"。重写某些古典意象，绝非文化考古意义上的复制，而在于激活"传统"，"惊醒"现实——如他自己所言，传统只是他的"方法论"。

多年以来，陈先发一直致力于追求古典传统与现代精神的深刻融合，致力于追求本土基因上的汉诗现代性，由此他建构了一个"活力四射的全新汉语谱系"。因此他的诗既是古典的，富丽的；又是现代的，繁复的，同时深烙着地域人格、民族色彩和现代气质，呈现出一种意义上的多重性。

陈先发的诗在形式建构上也颇具特色，他采取的多褶皱句式与段式的呈现方式，其意义并不全在形式建构，而在于在对语言的磨砺中，瞬间完成个人内心深层表达和融合了哲学、音乐等多重愉悦于一身的写作过程。"让每个诗人都成为一座孤岛"，既是诗歌史的梦想，也是每个诗人的梦想，而陈先发正努力让这一梦想之光，照进他的诗行。

孙志保：倦怠的美感

认识孙志保，从他的中篇处女作《黑白道》开始，从此他小说中的人物小五和林子，就进入了我的视野。他们曾不止一次，以不同面目，反复出现在孙志保的小说中，携带着孙志保所特有的气息，有些散淡，有些倦怠。孙志保的小说叙事，有一种倦怠的美感。

好的文字，都有一种让人难过的气质，有一种无力、无助和无奈。因为是理论出身，早期又是将叙事美学作为自己的研究方向，所以特别关注孙志保的小说叙事，曾不由自主惊诧于他文本的自觉。很少有人像他那样，具备先天的叙事能力，文本疏密有致，开合有度，不疾不缓。

读他的处女作《黑白道》，你就感觉不到是一个新手在写作，他的叙事是那样放松，那样行不由径，那样自在自然。行不由径，是叙事的高境界。安徽小说传统，重故事而轻叙事，重意义而轻品质，小说叙事基本外在故事推进和情节发展的层面。叙事美感往往不在考虑的范畴之内，或者说没有审美的追求，没有审美的自觉。安徽小说作家，普遍没有形成对叙事美学的追求，写作中更专注于世俗人生，更热衷于政治批判和社会批判。这就越发突显出孙志保小说在"六〇后"作家群体中的文本价值，虽然，这价值更多地被现实语境所掩盖。

孙志保小说以中篇为主，而且在他创作的高峰期，几乎一经发表，即被权威选刊选载。但他的现实焦虑和社会关注，并未损害他小说的品质，而我特别推崇的，也正是这一点。

祝凤鸣：心灵即技巧

我不懂诗，但读祝凤鸣的《枫香驿》深受触动，有一种不期而至的亲切。

诗集收录了祝凤鸣一百四十九首诗作，尤其是第一辑"枫树，有关我的故乡"三十九首，有巨大的伤恸和乡愁萦绕，而乡愁是中国文学对世界文学的独特贡献。祝凤鸣的诗句，以乡愁为情感底色，以回归为精神向度，痛楚而绮丽，美好且残酷。

《枫香驿》中的乡土，是诗人的故乡，也是人类的故乡，诗人所寻求的，是肉身的回归，更是灵魂的归宿。

"山上的村落浸着古风／依旧是淙淙的溪水 曲折的石经，／依旧是四处弥漫的黑色牛群／／西边的山腰上 春晖熠熠/祖先的墓园里/淡紫色的桔梗花正静静开放"(《春末的下午》),乡间风景,故土物事,历历如在眼前。

祝凤鸣写诗,喜用影像手法,全景、中景、近景、特写,由远及近,画面稳定而清晰,却如同挽歌,于暮晚时分响起,让人备感忧伤。《枫香驿》的乡村咏叹,意象神奇瑰丽,以致惊世骇人——"姑父们坐在屋顶上/太阳,太阳/南方红铜的镜子/满是蝙蝠和草垛的倒影"(《正月的美丽》);"树枝间,月亮/燃烧着它的白骨"(《白夜》);"这田亩下埋葬着雷暴/人的骨头/和千百个秋天的月亮"(《田亩》),这些惊悚的意象,部分地构成祝凤鸣诗歌的特色,有一种直指人心的力量。祝凤鸣自道:心灵即技巧。读祝凤鸣的诗,能感受在刹那间,灵魂被那些诗句所照亮。

何世华:轻而易举将人性洞穿

"陈大毛偷了一支笔",他快乐的少年时代由此而终结,他从此走上了一条自我毁灭的道路,并且越走越远。新时期文学以来,以"成长"为主题的小说有很多,但像何世华的《陈大毛偷了一支笔》这样,以暴力叙述展现残酷青春的文本,仍然带给人以强烈的震撼。

这是一片荒芜的乡村,这是一群无知的少年,人性的"恶之花"在他们身上恣意绽放,混合着暴力的快感和残酷的美感。在偏远的乡村小学里,他们被忽视的身体和被忽略的青春,以一种野蛮的方式生长,无人关注却生机勃然。社会的混乱,道德的缺失,亲人的漠视,使这群乡村少年不知其恶,只知其乐,最终坠向了"人性恶"的深渊。

何世华的两部长篇《陈大毛偷了一支笔》和《沈小品的幸福憧憬》,都是以"成长"为主题,都是以乡村为背景,传达了他的童年记忆和乡村经验。但我个人更关注的,是何世华小说的文本价值——平淡如生活本身的叙述,却能轻而易举将人性洞穿。文学的作用和目的,是让人类向往美好并时刻面对自身的罪恶,而文学的大悲悯和大关怀,也正于此处体现。

赵焰:将写作建立在体验之上

因为对晚清史和晚清人物有比较深的涉猎,对赵焰的《晚清有个曾国藩》、《晚清有个李鸿章》就比较关注。这两部为赵焰赢得巨大声誉的历史随笔,史料丰富,笔力深厚,识见独具,既显示了赵焰作为文化学者的学养和胆识,也显示了他作为新闻人的敏锐与通脱。

他写曾国藩,虽是从编年史入手,却直达人物的内心世界,尤其是写他的忍辱负重,他的困兽犹斗,隐含着无限的悲凉和无助。晚清重臣,晚清名臣,其生命俱深陷于历史的悲怆之中,而赵焰的过人之处,在于把悲凉上升为一种氛围,一种美学。无论是写曾国藩还是写李鸿章,都能看出他的叙事是建立在对海量的文书、奏折、日记、著作的阅读和研究之上，但是不死、不板、不掉书袋，而是"跳动着他的脉搏，呼吸着他的气息，体验着他的生活"（赵焰《晚清有个曾国藩》后记）。

近年来流行于大众阅读市场的一些所谓"历史散文"，或史料堆积，或耸人视听，或旁门左道，或粗制滥造。像赵焰这样，将人物复活于历史之中，将写作建立在体验之上，很少。尊重历史而又超越历史，表现人物同时又体验生命，是一种精神飞跃。一切写作都与体验有关、与心灵有关、与精神有关，尤其是以历史为写作素材的写作。

曹多勇：好小说应该如生活一样真实

我曾经说过，在安徽的"六〇后"作家中，曹多勇不能写中篇，孙志保不能写短篇。当然不是说绝对不能写，而是说曹多勇的中篇没有短篇好，孙志保的短篇没有中篇好。中篇要求有足够的故事资源，而曹多勇擅长叙述却不擅长故事；短篇要求有足够的意义空间，而孙志保绵密的故事框架，几乎把意义空间给挤占完了。所以"尺有所短，寸有所长"——虽然近年来曹多勇写过不少中篇，但能够看得出来，他仍然是以写短篇的手法在写中篇小说。

这也构成了曹多勇小说的最大特色，以短篇构筑他的小说大厦。不仅是"六〇后"作家，就是放在改革开放三十年的时间段,放在整个新时期以来安徽文学的发展中考量,他的短篇小说无论是数量还是质量,在安徽作家中都是首屈一指的。几乎没有人像他那样,倾全力于短篇小说这一文体,也没有人像他那样,倾全力于淮河风物与淮河风情的表达之中。

"大河湾"里的人和故事,没有太大的曲折,没有太多的色彩,却如流水一般流淌,如麦子一般本色。看他的小说,就是看男人怎么种地,女人怎么做饭,孩子怎么摸鱼,工匠们怎么盖房子。我坚持以为,好的小说,应该如生活一般自然,或者即如生活本身——大波大澜,大起大落,十面埋伏,九死一生,那是戏剧,不是小说,更不是真实的人生。

好小说应该如生活一样真实,好叙事应该如真实的人生。

苏北:简单并快乐着

苏北的文字不以思想见长,却以灵性取胜,文辞优雅,意境冲淡,有语感,有节奏,有中国气息。当然,这得益于他熟读汪曾祺,而他本人也崖岸自高,一向以汪先生的私淑弟子自诩。

苏北的创作,分为散文和小说两大部分,但苏北的小说不怎么像小说,太疏,太淡,太不注重故事与情节,近学汪曾祺,远接明清笔记。但汪先生是不好学的,家学、境遇、才情、天性,尤其是涵养士大夫的社会氛围,早已经失去了,所以只能另辟蹊径。因此,苏北后来把主要精力放在了散文创作上。

苏北散文的题材和题旨都异常广泛,从儿时记忆到成长记趣,从家乡家庭到父母子女,从记学记游到买书读书,还有就是与汪先生的种种机缘种种邂逅,信马由缰,行不由径。

读苏北散文,你能充分感受到文字的快乐,感受到人生的乐趣。即便是"残酷青春",在他的笔下也是那样美好,朦胧到如花如月,虚幻到似水柔情。出现在他文中的女孩,都是"玻璃女孩"——若竽、月兰、季晓琴,还有信用社主任老潘家的大丫头、二丫头,都如玻璃般透明、娇弱、易碎,如稍纵即逝的青春。而少年又是那样热血奔涌,仿佛时刻处在蠢蠢欲动之中,月亮高高地停在中天,"少年在那湿湿的小巷里蹀躞,小巷空无一人"。少年苏北,去往若竽家路上的苏北,真的让人感动。

苏北散文多为常情常理,常人常事,而文字简单,书写快乐,趣味横生。这是很高的审美境界,得益于他心地善良,天性单纯。

钱玉亮：享受辛苦，赞美劳动

秋天嫁到镇上的大平子，正赶上红草湖开湖的日子，不待丈夫连成提着裤子追出门去，大平子已经裹上翠绿的三角头巾，去追赶下湖割草的妇女去了。在一望无际的红草湖里，大平子的翠绿头巾异常鲜艳，异常醒目。割草很累，割草很苦，但是大平子不觉得累，也不觉得苦。劳动是美丽的，奔自己的日子，讨婆婆喜欢，为男人辛劳，大平子觉得享受，也觉得幸福。论者多以为钱玉亮的小说，得汪曾祺语言之真传，我却以为，他与汪曾祺小说最相一致的地方，是对劳动的赞美，对劳动者的歌颂。

王安忆认为，汪曾祺的小说，其实就写两点：劳动和享受。确实，在新中国成立后的当代文学传统中，劳动被意识形态化了，被知识分子化了，知识分子认为劳动是惩罚，是痛苦，因此对劳动的描述充满了控诉性。其实劳动是美丽的，劳动者觉得劳动是一种享受。读钱玉亮《红草湖的秋天》，能够强烈地感受到这一点，大平子是那样热爱割草，热爱背草，不辞辛劳，不怕脸晒得通红。她真觉得劳动很享受，劳动很光荣。

当然，萧散平淡的语气、语调和语感共同营造的耐读、耐品、耐人寻味的小说氛围，也是钱玉亮小说的一大特色，但比起他对劳动的态度和认识来，他在语言方面的贡献并不突出——在同时代、同年龄段的作家中，如此充分地展示劳动的美感，如此发自内心地赞美劳动和享受辛劳，可以说极为少见。

沙玉蓉：文本纯正，接近于创作本身

安徽女作家中，写小说的不多，写得好的就更少了。而在"六〇后"作家中，比较纯粹的女性小说作家，沙玉蓉算是一个。

沙玉蓉的创作起步很晚，发表得也不多，却以对当下生活的个人化解读，以及极其纯正的文学叙事姿态，独立于前此在市场语境下成长起来的几位"六〇后"作家之外，显示了其创作上的实力和成长性。

文本的纯粹性，一直是我衡量一个作家的核心价值尺度。发表于二〇〇八年第六期《西南军事文学》，《小说选刊》二〇〇八年第十二期选载的中篇小说《井口那片天》，人物形象丰饶，叙事沉稳朴厚，放在抗战胜利七十周年的现实语境下重读，给我们一种全新的感受。小说家应该致力于探索形式与内容、题材与主题的各种可能性，让人物和事件进入一个有纵深感的、完整的历史情境。

沙玉蓉的几个中篇，《红芋谣》、《稻草》等，之所以能够获得较为广泛的关注，就在于她能够从纷扰的现实中，拓展出小说的想象空间和精神疆域，同时对人类伟大的文学传统，保持一种敬畏和尊重。

安徽的"六〇后"作家群，除起步较早的少数几位作家外，大都成长于经济腾飞初期，和中国整个"六〇后"创作群体专注于叩问沉重而深邃的历史不同，安徽大多数"六〇后"小说家，都表现出了对市场的亲近。发表的欲望和成名的欲望，非常强烈地表现在他们的文本之中。也因此，他们的叙事比较大众，比较机巧，从审美上说，不够纯正和纯净。而沙玉蓉的文本离市场比较远，写得也比较克制，比较平缓，甚至有些"笨"。也正是这一点成就了她，让她的创作更接近于创作本身。

杨小凡：一辈子做好一件事

从笔记体"小小说"开始，到构筑《酒殇》、《天命》这样的鸿篇巨制，杨小凡成功地将自己由一个文学爱好者，打造成为一个成熟的小说家，靠的是"一辈子做好一件事"的决心和毅力。

谁都没有想到杨小凡会走这么远，而我尤其没有想到杨小凡会走这么远——在很长一段时间内，杨小凡的小说都徘徊在一个文学爱好者的水平。而他的生活又是那样繁杂，身份又是那样敏感：古井酒业集团高管、房地产开发商——穿行于商场与商战之间，应酬在官场和酒场之上，哪里还有文学的情怀和写作的心境？但杨小凡硬是要"一辈子做好一件事",把文学这条路走下去。

如果说杨小凡的《药都笔记》"小小说"系列,主要还是依托于亳州的乡土故事资源,那么从中篇小说开始,他就已经建构起了属于他自己的"故事性"。中篇《寻找花木兰》、《我们无路可返》、《梅花引》、《一条狗的前世今生》、《缔结了就不会消失》等,于故事之上,对人生和人性均有深刻的思考;长篇小说《酒殇》、《楼市》、《天命》等,植根于火热的时代生活之中,深入到社会发展进程的深处,而他的多重身份,也为他讲述当代中国故事,展示独特的中国发展经验,提供了充分的可能性。

近年来,他以"井喷式"的创作,赢得《小说月报》、《小说选刊》、《中篇小说选刊》等权威文学选刊的关注;而他的身处"高危"却能安然无恙,则主要得益于他对小说的热爱,得益于他的视文学为"天命"。

方维保:对现实发言,做"在场"批评

几年前,在安徽省评论家学会举行的一次学术研讨中,我批评学院派批评"空心化",遭到几乎所有在场的学院派评论家的口诛笔伐,当然,也包括方维保在内。

学院派批评,我一向不是十分认同,原因是学院派批评距离现实比较远。这个"现实",不仅仅是指社会现实,也是指文本现实,创作界对学院派批评的最大诟病,是其

批评话语的"不在场"和"无感情"。这一方面是因为中国当代文学批评脱胎于西方批评框架,另一方面是因为学院熏陶出来的知识者的傲慢。这使学院派批评无法突破知识与立场的局限,而深入到真实生活深处,把握生活变化和作家创作的内在规律。

但和一般的学院派评论家不同,方维保从事文学批评三十年来,始终密切关注文坛动态和作家作品,对作家、对作品、对文坛、对文事,始终表现出一种亲近和融入的姿态。

批评应该对现实发言,对作家发言,对文本发言,而不应该以既定的理论框架和西方话语,去"套读"作家和文本。读方维保的《"别样"的官场叙事》——评桂林、孙再平长篇小说《花落凤上坡》,能感到他个人对消费文化的理解,感到他对"别样"和"另类"的消费叙述的肯定;而在他对张尘舞文本"青春叙事"的解读中,既有着对传统批评尺度的坚持,也有与传统批评尺度的对立。

在我们的文化场域中,与主流趣味相悖离的文学形式,如张尘舞的《因为痛,所以叫婚姻》,如子薇的《此情可待成追忆》,一向不为评论家所关注、所认同,年轻一代作家的实践和成就,常常被传统的主流风格所遮蔽。然而生活在变化,时代在发展,我们所主导的文学观念和美学趣味,都在改变。文学批评的"不在现场",不仅仅是批评主体的缺失,也造成审美标准的对立和断裂。而方维保的意义,即在于始终关注文学创作与生活真实之间的深刻关系,在于批评的"在场",在于对现实发言。

辑 三

屋檐下的风铃
——读周伯文《感受真情》

周伯文来到我们编辑部时，我正好没在，等我回来，办公室的几个人就七嘴八舌地埋怨我，说是周伯文来了，等了你很久，现在走了。我愕然，周伯文是谁？找我干什么？后来知道他是东至县一个残疾青年，热爱文学，拖着两条残腿好不容易才上到了六楼，等了好一会儿，才又拖着两条腿好不容易地下去了。我默然。我不知在今天，在一个心灵时代逐渐演化成一个官能时代的今天，还有什么人能热爱文学。但周伯文还是出现了，拖着两条残腿，艰难地出现在编辑部，出现在我们面前。他留下了厚厚一摞手稿，是他的散文结集《感受真情》，想让我为他写篇序。我们编辑部的人是知道我不为人写序的，但他们还是自作主张地答应下来了。

为此，我心里酸酸的，难过了好长时间。

这些年我已经不太有心酸的时候了，我已经习惯了目前这种喧嚣的生活，习惯了轻慢与文学有关的人和事，有时是直接轻慢文学。但我们编辑部的同事，还是能在我故作狂放的外表下，感受我的内心，感受我内心深处残存的对美好事物的敏感与眷恋。他们对周伯文说，你放心好了，她一定会写的；她要是不肯写，我们就一定要她写！

灯下，我独自一人打开周伯文的手稿，心中渐渐弥漫了一种叫"感动"的情感。周伯文幼失怙恃，身世凄凉，在襁褓中失去母亲，两岁时因患小儿麻痹症导致双腿瘫痪，十三岁父亲病故，十七岁时相依为命的继母又被胃癌夺去了生命。他是在东至县的社会福利院长大的，但让我惊奇的是，在从小到大几乎是接连不断的毁灭性的打击下，他仍然保持了一颗完好、善良、向往光明的心。这与社会对他的救助，与好人对他的关爱有关。人生道路上许许多多的好人，赋予了残疾青年周伯文以健康的心灵和昂扬的生命。

现在这些好人，这些好人为他所做的几乎每一件好事，都被周伯文以敬畏的笔，一一记在了这本名叫《感受真情》的集子里面。

我想，当周伯文在这本书的扉页上，写下"谨以此书，献给那些曾给我帮助、关爱和温暖的人们"的时候，他也一定是敬畏的。之所以要使用"敬畏"这个词，是因为周伯文的文字，在真实和朴素之外，还有一种脆弱，就像他这个人，敏感，多情，如临如履。细读他的文字，可以知道周伯义他这个人，对待世人，对待世事，对待大地、阳光和雨露，无不心存一份感激。不要以为这是一件容易的事，有的人他一生也不懂得感激，不懂得感激别人，更不懂得感激土地和阳光。只有在这时候，你才能感受到一个残疾人，他内心深处对正常人、对正常社会生活的渴望和恐惧。也因此周伯文的文字是动人的，有一种常人所没有的脆弱的美丽。当我体味到这些，正是夜深如海的时候，人们都睡去了，城厢梦一般迷蒙，唯有周伯文和他三十八年艰难而漂泊的生活，以及描述这些生活的文字，亮在我温暖的台灯里。

读这样的文字，你会相信和珍爱心灵。

多年以前，我读过一则寓言，说的是一串风铃，挂在屋檐下，可它有一颗向往远方的心。它当然无法远行，于是它就在屋檐下歌唱，为那些走出去的人和那些走回来的人，一直唱个不停。

后来，它的歌声传到了很远很远的地方，人们都知道了，在一处屋檐下面，有一串爱唱歌的风铃。

二〇〇二年秋

严肃地面对历史
——读季宇《共和，1911》

季宇以小说《当铺》在中国文坛崭露头角时，我还在大学里教书，当时只是惊诧于作者对清末民初社会生活的熟悉和叙事的历史感，猜想这可能是一位老先生，有深厚的学养及资料背景。调来后当然也就知道了，季宇其实很年轻，写《当铺》时更年轻，才三十来岁的年纪。

那都是十多年前的往事了。

然而这十多年变化很大，文坛先是新潮迭起，旗号林立，一日三变；继而又一窝风抢钱，什么尊严、崇高、理想主义、人道主义，等等等等，统统被抛到九霄云外去。季宇所熟悉并擅长的历史题材领域则更是混乱，戏说、昏说、热说、胡说之风日盛，以致拿到一本历史小说或是观看一部历史题材的电视剧，你就根本不知道哪里是真实的历史，哪里是戏说者随心所欲胡编乱造出来的。

历史完全失去了它的真实性、严肃性和历史性。

所以拿到季宇的长篇报告文学《共和，1911——辛亥革命百年祭》,我才感到欣喜并油然而生一种敬重之情。季宇以他始终如一的历史精神和严肃叙事,真实地再现了辛亥革命前后那一段风云激荡的历史,以一个作家的良知和忠诚,对历史进行了一次庄严的命名。

在文坛众多的作家中,季宇始终是一位严肃作家,而这一点在今天,恰恰最难得。

不说它宏阔的架构、纷繁的人物,以及与之相关的宏大叙事,单看文中引用的资料和文后所做的注释,就可以看出作者为这本书所耗费的心力。在今天,已经没有多少人愿意在这上头花费精力和时间了,也因此季宇建立在大量资料基础上的对历史事件的描述,才有了非同一般的意义。为了维护历史的尊严,还历史以真实的全貌,在资料的运用上,他还摈弃了一般历史题材作者"众说纷纭,只取一说"的传统做法,而将不同甚至相反的意见一同呈列,让读者了解更多的真实,同时以自己的心灵、识见去判断、解读历史。季宇的历史观,正呈现出一种宽容与成熟。当然《共和,1911》的最成功之处,还在于把握大的历史事件,关注重要历史人物的行为、个性对历史进程的影响,但在对小人物恶习及私德的描述上,相较于其他同类题材的作品,它也有着关键性的突破。历史有时往往会因为某个微不足道的小人物微不足道的言行,改变进程与方向,而今天的人们所最不熟悉、最不了解的,正是这些。这一思想或观念的进入,不仅使作品的内容显得丰饶起来,好看起来，也为历史的偶然性提供了最好的注解。

阅读《共和，1911》，你会发现，在很多地方，作者正以他大气而细腻的笔触，一点一点为你拨开历史的迷雾。

近年来，我因为沉溺于晚清史的研读，旁及辛亥革命前后，这方面的资料也看了不少。以我的眼光看，可以毫不夸张地说，《共和，1911》是我迄今为止所看到的一部内容最翔实、资料最完备、叙事最严谨的关于"共和"的描述。因为商业利益的驱动，这些年同类题材的书出得很多、很滥，鱼龙混杂、以讹传讹的也就很多。贻误读者，也是对历史的不负责任。现在好了，终于有了季宇的这本《共和，1911》，总算对读者、对历史，都有一个交代了。

清末民初是季宇得天独厚的题材领域，以此一领域为背景，他还创作了《段祺瑞传》、《徽商》等一系列作品，都是同时具备深邃的历史感和强烈现实关照的优秀之作。也许因为自己也在涉猎这方面的内容吧，我深有体会的是，历史题材的写作，尤其需要一种宽容与沉静，需要除尽火气的内心。面对恶俗的商业文化，我们不仅需要保持一种精神上的不妥协立场，我们还需要在中国历史的真实中，汲取反抗世俗的勇气。历史的太阳，常常能将现实的大地照亮，我想这一点，季宇也一定感受到了。

"身后是非谁管得，满村听说蔡中郎"，打开《共和，1911》，今昔之感，兴亡之叹，俱在眼前；风云变幻的"1911"已过去百年，但曾经活跃其间，痛苦、欢乐其间的一些大人物和小人物的"身后是非",正在被作者大气磅礴地一一评说。

二〇〇二年二月

只研徽墨写徽山
——读王永敬《焦墨黄山》

我不是学绘画的,对于王永敬来说,算是圈外人,因此一上来,并不知道他是画家。他和我们编辑部的小龙很熟,有事没事爱上我们那儿打上一头,见面憨憨地笑,喊我"潘老师"。我因为眼睛不好,记性更不好,误认为他是我们的作者,就一边当之无愧地点头,一边做自己的事情。后来一个偶然的机会,看到《安徽美术家》杂志上的王永敬专集《焦墨黄山》,吓一大跳,哇!原来这个常到我们编辑部的王永敬,是一个画家!

还很有名呢!

王永敬的作品,是想以富有个性精神的笔墨,写出个人对于徽州山水的独特理解和感受,画面具有很强的主体诉求和原创性。他秉承的是著名新安大家黄宾虹的画风,笔法超迈苍逸,语言生动练达。请教了内行,知道绘画语言,具体的是笔意、墨韵等,想来他对黄宾虹的笔墨法度,是深有所得吧。细读他的《黄山松韵》、《黄山松雪》、《晴雪》、《月洒黄山》等，感到一方面焦枯硬瘦，一方面又墨气淋漓，明显融进了很多版画、油画和书法的技法，和中国传统山水画已经有了很大的区别。这也大约就是艺术的现代性。以徽式笔墨，写徽州山水，是王永敬的心愿，也是他的个性追求，相信坚持下去，会有大成就。据我所知，他也写了不少理论文章，这使得他能够站在前沿，敏感于各艺术种类之间的变化、冲突与融合，吸纳各种新鲜的文化元素。中国画发展到今天，必须将自己放进一个开放的世界艺术的大格局中，才能在保持民族个性的同时，不断丰富和创新。

二〇〇四年十一月

破碎的诗意
——《天堂里的爱情》序

孔阳出生于上个世纪的七十年代,而对于文学来说,七十年代显然不只是一个时间的概念,它更多包含的是精神层面的东西,或者更准确地说,它体现的是一种文学上的断代,精神断代。和出生于五十年代、六十年代的作家不同,七十年代的作家们一经出世,就遇上了新中国历史上最大的动荡,"文革"作为一种传说,伴随了他们的童年。这也许造成他们一生对政治的厌倦。而他们的父辈,因为自身的苦难,对他们倍加宠惜,这以后他们在一个没有战争、没有饥饿、没有瘟疫、没有哪怕一丁点坎坷的环境中成长,受完整的教育,感受飞速发展的技术文明,以不同于父兄的方式,享受这个时代富裕的物质生活。而这个时代,又是那样的充满诱惑和欲望,灯红酒绿,纸醉金迷,让人不能自拔。因此"七十年代"作家尤其是女作家的作品中,才遍布烦嚣的城市生活的符码:酒吧、迪厅、摇滚、性爱、吸毒、时尚杂志、自恋或自杀……不断地有人指责他们的作品没有思想、没有力度、没有精神诉求,但有谁站在他们的立场上,为他们考虑过吗?

所有的精神动乱、所有的生活苦难,都让他们的父辈经历完了,留给他们的,只能是情感的波动、欲望的满足和身体的狂欢。而伴随他们进入躁动的青春期的,又是一个崇尚金钱、崇尚物欲的时代背景,精神日益涣散,社会日益个人化,文化日益丰富多元。历史境遇不同了,因此我们无法要求他们像六十年代的作家那样,作品中始终充盈着实验的热情、先锋的品质;也无法要求他们像五十年代的作家那样沉痛,那样高张人文旗帜,那样富有历史感和使命感。他们年轻,他们的经历和阅历都相对简单,如果是女性,那么借助于现代时装业和现代化妆技术,她们还会一个个媚眼如丝,风情无限。所以她们才能有条件有心境长时期地沉迷于文学之中,以女性独特的语境,营造出一种带有私密气息的唯美主义的氛围,在情感的小天地里流连忘返。读孔阳《天堂里的爱情》,能够明显地感受到女性意识的支撑,以及由此生发出的种种浪漫的幻想和期待。男常潮和女常潮,在青春的校园里萌发青春的吸引,初恋赋予他们一种单纯的美感。而当七年之后,他们再度相遇,彼此的心灵都已麻木,并且锈迹斑斑。嘈杂、混乱的现代都市生活,无情地吞噬了他们的青春和幻想,更为可怕的是,它还吞噬了他们的身体,甚至欲念。在这里,人物和城市,都既是一种真实的存在,又是一种隐喻,进入城市的男女,极有可能像男、女常潮那样,迷失自我,葬身于欲望之海。

孔阳的小说,《城市物语》、《黄蝴蝶》等,都具有很强的象征隐喻色彩。《城市物语》中,少女喻的出租屋里长出的那株梧桐幼苗,曾经是那样的让喻心疼、心动,最后却在小说中不知所终。喻以骇人听闻的情感方式,结束了她在城市中的坚守或寻找,而那株不见阳光的屋中梧桐,则似乎早已预示了她的命运。《黄蝴蝶》是一篇以回忆、想象、幻觉、梦境等元素交错构成的情感故事,情节模糊,背景美幻,而作为象征性意象反复出现的黄蝴蝶,却异常鲜明。小说以两个对立世界:城市与村庄、K与蝶儿的不同经历、观念、情感、心理以及不同的生存状态,揭示出传统与现代的对立和交融。人类的精神梦想,像一只孤单的蝴蝶,飞过古老的村宅、喧嚣的城市,在沉沉历史、茫茫人心中上下翻飞。它最终会飞向何处去呢?不得而知。《黄蝴蝶》的叙事,有一种女性的凄迷和茫然。七十年代作家,尤其是七十年代女作家,大都有极好的艺术感觉,极细腻的诗性传达,孔阳的小说,也具备了这一特点。当然,这也因此造成了她们在整体架构和情节上的不足,读她们的小说,包括卫慧《上海宝贝》这样蜚声一时的作品,都往往有一种挥之不去的破碎感。

二〇〇六年三月

皖北才子汪晓佳
——《住高楼》序

和晓佳认识,已经很久了,那时他尚翩翩年少,很有些腼腆。当然了,就是现在,晓佳也仍然腼腆。我一直以为,腼腆是一种内敛的气质,有时候是一种内敛的品质,不像我,咄咄逼人,气势汹然,让人望而生退避三舍之心;更不像时下的一些人,吹牛拍马,厚颜无耻,大话、谎话连篇。腼腆是对人尊重,也是对己尊重,在今天的社会,像晓佳这样腼腆的人,是越来越少了。

也因此在晓佳面前,我总是能够小心翼翼,收起自己的尾巴。晓佳就一口一个,尊我为"潘老师",听了难免受用,于是就认为自己的文章,写得也比晓佳的文章要好。当然,这不是说现在,而是说从前,我清楚地知道,晓佳的文章现在是没法和我比了,因为我现在专业写作。但在当时,在上个世纪的八十年代末期,在我们都还是文学青年,一起仰望高耸入云的文学圣殿时,晓佳的文章,写得一点也不比我差。那是些多么阳光灿烂的日子啊,我和淮北的几个文学朋友，一起到"皖北"去，去找晓佳。所谓"皖北"，是指治在宿州的"皖北矿务局"，晓佳是皖北局才子，名声差不多和我在淮北一样响亮。在当时，我们都有些"井底之蛙"。宿州是我的出生地，听我奶奶的描述，我生下来时也就两三斤重，一只大男人的鞋子，就放进去了。我八个月出生，北方乡村有一句土话：七活八不活，是说八个月出生的孩子，是活不下来的，可我却意外地活下来了，并一直活到现在。二〇〇二年维也纳金色大厅新年音乐会上，著名的日本指挥家小泽征尔，用中文向世界各国的观众喊出了"新年好"，这是出自他本人的提议。后来，那张CD在日本销量高达八十万张，突破了古典音乐CD的销售记录，当晚在场的所有艺术家，在说"新年好"时，都使用了"出生地语言"。小泽征尔出生在中国东北的沈阳，在北京的新开胡同六十九号，度过了他的童年。按小泽征尔的观念，出生地对一个人的一生，意义非常重大。

那么宿州对我，也是一样吗？

其实对这个如今称作宿州，过去称作宿县的皖北小城，我并无太多的印象，只隐约记得，在冬季某个飘雪的日子，我们去找晓佳。"绿蚁新醅酒，红泥小火炉。晚来天欲雪，能饮一杯无？"我与酒，当然是与白酒，以及我向往文学的皖北朋友，就这样在北方煤矿寒冷的冬日里，不期而遇了。一直到今天，我离开淮北十五年后，寒冷的天气，尤其是飘雪的傍晚，我最幻想的一幅场景，一个姿态，仍然是围炉而坐，一杯在手。然而晓佳却不能喝，一杯下去，便红了脸膛，眼也"瓷"了，眼白也不由自主地大起来。晓佳的这个样子，很有些颟顸可爱。那时我们的文章，基本上是发在《淮北日报》或《淮北矿工报》上，团结在"两报"的周围，我们放言高论，想入非非，梦想有朝一日，成为一个作家。

那时的文字，晓佳后来将它们结成了一个集子，名为《钻草屋》。那是一个朴素而温暖的文集，一如晓佳的为人。和我一样，晓佳也有一个不幸的童年，说起他和姐姐随母亲一起在乡村度过的困苦孤寒的岁月，他会神色黯然。但是母爱、庄稼和大地，温暖并哺育了他，也成就了他一生对农村、农民和乡村生活的热爱。也因此在晓佳的文字中，有很大一部分篇幅，是写母亲。《钻草屋》中的《俺娘》，《住高楼》中的《娘生命中最后的日子》，都为我们刻画出一个勤劳、坚忍、善良、宽容的母亲形象，让人感动，亲切。晓佳写人，多用白描，寥寥几笔，人物跃然纸上；对话也多用方言，乡俚生动。晓佳的亲人，黑红四方脸，说话口吃的"二姑"，扎着乌亮小辫的"表姑娘"，都和晓佳一样宽厚，富有人性。在"少白头，不住瓦屋就住楼"的乡谚中长大的晓佳，在他终于从草屋里钻出来，住进高楼之后，想得最多的，挂念最深的，仍然是乡村、土地和土地上劳作的人们，是他们在现代城市生活中的命运。也因此晓佳这个集子，更多的是思想类的文字，也更理性。

很多很多年以前,晓佳和我一样,出身于安徽北部一个干部家庭,他在缺少父爱、我在缺少母爱的环境中长大,而晓佳却长成了一个温和腼腆的人。晓佳的这本集子,也和他的人一样,温暖平和,让人亲近。

一样的命运,也会孕育出不同的人生吗?

二○○六年四月

且倚黄山读红楼
——读黄山书社版《红楼梦》有感

我是从小学四年级起读《红楼梦》的,不知道是一种什么版本,只隐约记得,竖排本,繁体字。当然读不懂,囫囵吞枣,但仍然被它活泼泼鱼一般跳跃的文字所吸引,相反,那时对宝黛爱情,倒是没什么感觉。我父亲是不许我们这么小就读这些书的,严肃批评道:小孩子不许看这个!不久"文化大革命"就开始了,不待人来抄家,我父亲就主动烧了自己的书,其中就有这套《红楼梦》。

因为这些书,父亲曾颇为自负。当时进城的干部中,大老粗居多,像父亲这样读过几年私塾,又读过几年新式学堂的人,就算知识分子了。

到处乱哄哄的,学是没法再上了,家也不再像个家,我既不够格加入红小兵,又没能挤进中学生的队伍到全国各地大串联,就满城乱窜,找书看,弥补。怀远东方红中学,也就是现在的怀远三中,校舍是旧时的簧庙,高大堂皇的殿宇之外,还有畔池、拱桥和四棵千年银杏树。"簧"

是封建时代的官学，兼有祭孔的功能，所以又称黉庙。似乎全县抄来的书，都堆在黉庙的大殿里，贴了封条，并没有红卫兵看守。我们就钻进去，翻，看见自己喜欢的书，就揣进口袋，然后用牙咬一本，脸朝上，从门缝底下钻出来。都是些"封资修"的黑货，有《静静的顿河》、《牛虻》、《红岩》、《林海雪原》，等等。有一部线装的《石头记》，很多卷，有插图，字很大，我先不知是什么，翻了，看过很长一段，才知道就是《红楼梦》。

我没拿这部书，那时的我开始向往革命，对线装书本能地不屑一顾。

我们四处游荡，消耗着我们的青春。

再读到《红楼梦》，是"文革"结束以后，我买的是人民文学出版社再版的四卷本。这套书至今在我的书架上，很旧了，很旧很旧了，是因为我女儿从小学四五年级起，也开始了不断的阅读。好像女孩子读《红楼梦》，普遍比男孩子要早，她们一般都是在小学高年级阶段，就开始阅读这部大书。遇上一些不同于现代汉语用法的字句，她就问我，我说：不要管它，你只管往下读就是了，又不是读不懂。

但她仍然觉得别扭。我女儿她们这一代人，受到严格的现代汉语训练，语文考试中有一项，就是专门测试学生对"的、地、得"的区分和运用。可是《红楼梦》中，这三个结构助词是不加区分的，乱用。还有一些词，比如

"玩耍",曹氏通常写作"顽耍";"糟蹋",曹氏通常写作"糟塌",并且,"那"、"哪"不分。读到这样的字句,孩子们本能的反应是错误。我说你要知道曹雪芹是生活在二百多年前的封建时代,那时不仅没有现代汉语,甚至没有白话文。她说:这个我还不知道?关键是,今天是我们在读《红楼梦》,不是曹雪芹在读《红楼梦》!

小孩子有小孩子的深刻。

在中国四大名著中,唯有《红楼梦》最接近于现代意义的小说叙事,它和其他三大名著的高下,几乎是一目了然。即便是浮躁烦嚣如今日,商潮汹涌如今日,阅读《红楼梦》的人也不是越来越少了,而是越来越多了。它不但造就并养活了一个庞大的"红学"队伍,也养肥了某些出版社。据说全国每年售出的各种版本的《红楼梦》,有好几百万册;而这个"各种版本",竟有二百种之多。当然,这里的版本,不是红学家们所说的版本学意义上的版本,而是现代出版机构在"程本"基础上出的一些"少年本"、"插图本"、"简缩本"等,抢一杯羹罢了。但是这么多的版本,就没有一种版本按照现代汉语的习惯,将"的、地、得"区分开来,其他别扭着的,也都让它继续别扭着。有些时候,我非常非常有给红学界提一个建议的冲动,但怕招来群起而攻的后果,犹豫良久,还是算了。

现在好了,现在黄山书社出版了一套新版《红楼梦》,是以"程甲本"为底本,参照其他十多种版本择善校勘而成。阅读它,你不再会遇到不符合现代阅读习惯的字句,也不再会感到别扭。你会沉浸于曹雪芹穿越岁月的文字之中,一无障碍地阅读。如果说古本《红楼梦》有"脂本"、"程本"、"藤花榭本"、"王香雪本"流行,今本《红楼梦》有"人民文学本"等权威的版本流行,那么今天它又增添了一个"黄山本",黄山书社校勘出版的《红楼梦》,必将成为一个著名的版本。它的插图,是我国著名画家戴敦邦先生所绘,精美优雅,达意传神。大众性、现代性是它与其他纷纭版本的最大区别,如果有年轻人要读《红楼梦》,我首先向他推荐的,就是这个版本。

二〇〇六年四月

世俗理性,全新视角
——读许岗《近看东西方》

得知许岗博士的《近看东西方》上了十月份新书排行榜,我再一次吃惊地张大了嘴巴。早在二〇〇七年元月,这本书刚刚面世时,就曾在读者中引发一场不小的轰动,之后三次印刷,仍然供不应求。这在我们这些"专业作家"看来,已经近乎人间传奇了。此次跃上排行榜的,是经过修订的第二版,据说在卖场里,卖得甚至比第一版还要火爆。这是一个什么样的人、一本什么样的书呢?我沉不住气了,迫不及待地回到家中,打开《近看东西方》,差不多是一口气把它读完了。

许岗是一九七七年恢复高考后的第一届大学生,一九八二年留学美国,二〇〇二年辞去在美国大学的教职回国定居,其间有整整二十年的时间,是在美国工作和生活。当然这期间他也曾来来回回,无数次地往返于东半球和西半球之间,这使他愈加强烈地感受到两个大陆的冲撞、两种文明的冲突。在这个世界上,中国是唯一没有中断文化传统的文明古国，古埃及、古印度、古巴比伦都曾以极其辉煌的文化令人叹为观止，然而又都无一例外地在历史的长河里中断或是陨落了。唯有中华文明历经战乱颠沛、王朝兴替、绵延不绝。黄河、长江、淮河、运河等横贯大陆的江河湖海，西靠大山、东临大海的地理，在造就成熟的农业文明的同时，也造成了中国与世隔断的文化生态，造成了与以美国为代表的西方现代文明的深度冲突。在中国，家长打孩子是望子成龙、望女成凤；在美国，家长打孩子则是虐待儿童，触犯了法律。在中国，高考不但考学生、考老师、考学校、考家长，而且一考定终身；在美国，高考俗称"学院能力测试"和"大学测评考试"，不仅允许参加多次，而且轻松得简直就不能算是高考。在中国，一个少女怀孕了，她要做的第一件事和最后一件事，是隐瞒、隐瞒、再隐瞒；在美国，怀孕的黑人女孩不仅把它写进申请大学的自传，而且把自己私生女的隐秘身世，也一并公之于众……从触目可及的身边小事入手，信手拈来，娓娓道来；在司空见惯的生活现象中，解读中西文化的巨大差异性；置身于西方文化环境中，反省少小离别的故国家园，多了一点平静，少了一点激愤；从容地穿行于两种文明之间，既有知识分子的情怀，也有现实人生的五味杂陈。因为家学渊源，他对中医和西医的异同以及背后潜藏着的民族情感和思维模式，有着深层次的理解；因为心理学的背景，他对现象的解析，独特而又入木三分；因为不是作家，他笔墨恣肆、无拘无束、文无定规、行如流水；因为人情练达，他不说空话、大话、场面话，至真无文、至诚无文。最近，有研究者指出，中国当代散文的最大问题就是作伪、不真诚，纵览几十年的发展，无论是上世纪五十年代、六十年代、七十年代泛滥的歌德散文，风靡八十年代的哲理散文，还是九十年代大行其道的文化散文，都不是真正意义上的散文，都是板着面孔说话，生怕不深刻。对于散文而言，真诚就是最可贵的，在所有的文体中，散文应该是一种最为放松的状态，像许岗这样，有什么说什么，怎么想就怎么说。以小故事引出大环境，用小事情说明大道理，《近看东西方》与一般学者文字和作家文字最大的不同，在于它的生活化和世俗理性，在于它普通人的视角。对古老的东方文明和先进的西方文明，作者没有褒贬、没有批判、没有倾向性，只是平静地展示，客观地呈现，当然也不是零度叙述，深入进去看，还是能够感受到他对美国文明的认同和肯定。作者离开中国的时候，"十年浩劫"刚刚结束不久，物质匮乏、社会积弱、百废待兴。钢材、木材、粮油、布匹、肥皂、火柴、豆制品……一切生产资料和生活资料，都需要凭票供应。而彼时的美国，离致命的"九·一一"还十分遥远，国力强大、人民富足、制度文明。面对这些，初到美国的许岗，惊讶和倾慕是肯定的。这甚至导致这本书的内视角是一种西方立场，是站在美国看中国，而不是仅仅以美国文明为参照系。这和"八〇后"们对美国的态度，是完全不同的。没有经过战争、饥饿、瘟疫和物质贫乏，享受完整的教育和改革开放的成果，在思想解放、个性自由的社会氛围中长大，"八〇后"们对待美国文明的态度，要强硬得多。关于中国的变化，回国定居后的许岗，也是深有感触的，否则他就不会在再版前言中，表示"东方有东方的问题，西方有西方的问题"了。我没有读过初版，但可以肯定的是，作者在新版的修订中，融入了新的经验、新的思考。

多年以前，美国政治学家亨廷顿写过一篇著名的文章《文明的冲突》，认为文化的差异将成为人类分歧与冲突的主导因素，文明的冲突将主宰全球政治。还真让他说中了，目前全球政治最主要也是最危险的方面，是不同文明集团之间的冲突，全球政治在冷战结束后，开始沿着文化线被重构，以文明为基础的世界秩序开始出现了。改革开放使中国这个世界上最大的发展中国家，成为世界上最大的"发展中经济体"，而经历了全球性金融危机之后，中国作为一种重构世界格局的力量，越来越被西方国家所认同。中国与美国的共生关系，已经成为当下世界经济结构的一个基本点，我想也许正是这一点，造成了《近看东西方》三年之后的再度火爆。

偶然从网络上看到一篇医学院在读大学生的文章，说是读许学受先生的医学专著《肺科临床读片》，像是读散文一样，一点也不枯燥。将胸片与临床病理相结合，以讨论和谈话的方式,所以虽是系统地介绍胸部 X 片诊断的原理、方法和经验,但文字生动、语言活泼、别具一格。看到这里,我不由得笑了。许学受是全国知名的呼吸内科专家,许岗之父,看来他们父子,都要来抢作家的饭碗了。

二〇〇六年九月

历史深处的阳光
——金科《桑梓前贤》序

金科是我的学生,一九七八年他考入淮北煤炭师范学院中文系的时候,我刚毕业不久,教他的写作课。说是老师,其实我们的年龄相差并不是很大,从学业上说,也很难为他释疑解惑,只是担个老师的虚名罢了。不知那时的金科,真正创作意义的写作是否已经开始?可以肯定的是,我那时还没有写出任何东西,更不会想到,多年以后,自己会以创作为职业。大学里的写作课,除了一些死记硬背的概念,就是把一篇好好的文章拆得七零八落,把懂的讲不懂,所以被学生们打入最不受欢迎的课程;我又是刚刚站在讲台上,讲了些什么,怎么讲的,已经不记得了,对金科,也没有太深的印象。

和金科再次相遇,是过了大约二十年后,记得有一天,我的一个学生突然和我说,潘老师,七八级的金科,分到四川的那个,也喜欢写作,已经发了不少东西了,你还记不记得?我紧张地回忆,大脑一片空白。不多一会儿,金科就进来了，一进来我就认出了他——还是读书时的模样。

这是分别二十年后，我们师生第一次见面，在座的都是淮北煤师院毕业的学生，早几届晚几届，大家"潘老师、潘老师"地喊，我也就心安理得地坐在了老师的位子上。席间，金科递上了他新出版的散文集《人在他乡》，翻开来看看，有些吃惊，也有些感动。我问：你什么时候开始写作的？现在写作的人可是不多了。他略有些不好意思，说一直坚持在写，就是写得不好。

金科读书的年代，是文学左右社会情绪的年代，很多人"一文成名天下闻"，无数人热爱文学，向往文学。但是今天不一样了，今天已经没有什么人喜欢文学了，就连我们这些以文学为饭碗的人，当着别人的面，也轻易不提文学。所以金科的坚持，对我触动不小。金科被分到成都去的时候，不过二十岁出头的年纪，是文学支撑了他少年人的梦想，支撑了他"人在他乡"的漫漫长夜吗？灯下翻看金科的散文，久久不能平静，看着看着，不知什么时候，就有眼泪流下来了。

金科的父亲，后来也随他去了成都，每趟回合肥来，都要和我见面，对儿子的创作，稀罕得不得了。是的，是稀罕，看得出，他很以儿子的写作为骄傲。老人清癯、整洁、乐观，说话有一点点口音，我有时会听不明白，但他那满心的喜悦，却能够强烈地感受到。这时我就会想起我的父亲，想起父亲拿出刊登我文章的报纸时，也是像他那样，稀罕得不得了。我父亲逝世于一九九四年的春天，其时我刚刚开始在《合肥晚报》上发表作品，不过是豆腐块大小的文章，就那，他已经非常非常高兴了。

在父亲的注视下，金科的写作越发勤勉，以业余写作者的身份，已经有几十万字的散文随笔发表，结集出版了《微风斜雨》和《人在他乡》两本集子，现在，新的散文集《桑梓前贤》又要出版了。《桑梓前贤》中以他祖父金笑依风雨人生为题材的《改造存心赶向前——关于祖父的随感》，曾收在《人在他乡》之中，后来在《江淮文史》上连载的时候，我也再次读到。说实话，我没有想到，金科会写得这么好。金笑依是一个复杂的历史人物，思想驳杂、情感丰富、经历坎坷、生命跌宕，准确地把握并真实完整地呈现他的一生，有很大难度。而况是自己的亲人，自己的祖辈，这个"度"就更加难把握了。但是金科把握得很好，有真情、有思想、有节制，有历史眼光、有悲悯情怀、有温热心肠。更难得的是，这本集子中所收的四篇文章，从严格意义上说都属于人物传记的范畴，所写之人或尊、或长、或师，最易写成为尊者讳、为死者讳的歌功颂德之作，而金科却能一步一步，走进历史深处，走进人物内心，以真实的力量、审美的力量，把尘封的历史照亮。

在安徽，淮北煤师院是一所偏僻的学校，在我们进校的时候，只有一幢四层教学楼，和一排小平房。我们三十多人挤在一间大宿舍里，冬天，雪花从碎了的玻璃窗里飘到我的被子上。到金科他们进校,情况稍稍有些好转,但也还是艰苦,一下雨,学校里就到处泥水汤汤。但是春天的时候,校园后面的山坡上草木葱茏,梨花胜雪;到了秋天,满山野菊灿烂,一派金黄。我非常非常怀念我的母校,怀念我遗留在那块贫瘠山地上的青春和梦想。金科说:潘老师,我一个人在四川,有时会想,这个地方,有人知道我的学校吗?我看着他,不说话,我想这就是日暮乡关,这就是人在他乡。远在他乡的金科,因为思念拿起了手中的笔,于是潜藏在心灵深处的记忆,一点一点从心里流出,那些闪闪发光的文字,将孤寂的成都之夜照亮。

二〇〇八年二月

回家的路有多长
——读网络心灵版《回家》

不知道阿耐是什么人,在此之前,也从没读过她红遍网络的网络小说。所以当朋友向我推荐黄山书社新出版的长篇小说《回家》的时候,我很有些茫然。朋友说,很好,非常好,就是以你们的标准,也是一部不错的小说。所谓"你们的标准",是指纯文学。我将信将疑,对网络文学,我总体评价不高。记得二〇〇〇年的年初,我曾借用《网上跑过斑点狗》这个题目,写过一篇网络文学述评,对于痞子蔡的一夜之间在大陆蹿红以及邢育森、李寻欢、宁财神等突然冒出来的网络作家,进行了全方位的扫描,同时也对他们在网上受到的热烈追捧,表示了一定的不解和惊诧。如今忽忽八年过去,不仅邢育森、李寻欢、宁财神等人早已"少年子弟江湖老",就连阿耐这样我从未听说过的网络写手,也早已在网上踢出了一片天下。网上网下两重天啊,网上绝对是众声喧哗。在网络这个巨大而无形的虚拟世界里,每天都有数以千万计的人在写,在表达。依托于新兴的介质载体，网络文学表现出无与伦比的衍生力，但全民参与的广场狂欢，真能有纯粹意义的文学作品出现吗？

我怀疑。

带着这个疑问，我静下心来，读阿耐的《回家》。虽然是红遍网络的网络名家，拥有我这样的网下作家想都不敢想的"fans"，但上网查查，竟没有多少关于作者的个人资料。只约略知道，其人是女性，上个世纪九十年代弃政从商，搏杀数年后，于二〇〇三年前后开始以自身的商战经历和心灵感悟为蓝本，在网上进行小说创作。阿耐已出版的网络红文有《食荤者》、《余生》、《不得往生》等，多从女性视角来描写当代职场女性的生活和情感，却绝少女性的妩媚与柔弱。《回家》曾以《都挺好》之名在作者的博客上连载，据说点击率很高。这是一个关于家庭、亲情、血缘和伦理的故事，也是一段职场女性的心路历程，在物欲横流群起争利的商业语境下，在亲情淡漠钩心斗角的家庭氛围中，女主人公苏明玉的性格越来越显出一种悖乎常情常理的乖戾和孤傲。围绕着苏母的去世，苏明哲、苏明成、苏明玉三兄妹四分五裂，老父苏大强则咸鱼翻身，表面上无依无靠，老病侵寻，背地里却是没事偷着笑。在这里，苏母是一个关键性的人物，虽然在故事的开篇她就已经死去，却幽灵一般主宰了此后苏家每个人的思想、行为及他们的日常生活。连藐视甚至仇视母亲的明玉也不例外，她对母亲始终如一的仇恨和藐视,恰恰表明了母亲的阴影一直在她的心头笼罩。因此我更愿意将死去的苏母看作一个象征,一个反复出现的语码,她代表的是欲望和商品经济对传统生活秩序和古老家庭伦理的冲击和侵扰。

目前,以美国为代表的西方世界所形成的物质主义和消费主义思潮,正被当作一种普世理念,在全球范围内传播,从而导致了很多伦理问题的发生,而在现阶段的中国,这一类现象尤为严重。阿耐将她所遇到的所有困惑,都集中于一个家庭表现,使道德和伦理的崩溃,于残酷之外更显出一种惊心动魄。让我们先来看看苏家的男人,看看他们在这个快速商业化的社会里,都做了些什么。苏老头我都懒得去说他,这个在悍妻淫威下生活了一辈子的男人,愈到晚年愈变得自私、虚伪、愚蠢、猜忌、得过且过。中国是一个男权社会,更是一个父权社会,从精神层面上说,父亲的权威从来都不可逾越。而阿耐就这样以一个可怜可憎的父亲形象,轻而易举地跨越了这道千年门槛,将神圣的父权踩于脚下。阿耐的女性视角,并不简单地存在于她以职场女性为描写对象的浅表层面,而是存在于她对父权深层次的蔑视之中,她颠覆了中国传统意义上威严、宽厚、高大、睿智的父亲形象,实现了精神上对父权的践踏。

完全独立于男权文化之外并与之对峙,使阿耐的叙事有了坚强的内核。

这是阿耐叙事的内视角,构成了她文本的独立品格和精神向度，但是是什么造成了这一切，目前我们尚不知道。我们能够知道的是，作者阿耐在文本中成功地实现了她与男性世界的对抗，实现了女性在精神上的超越。她笔下的苏家男人，或自私、或委琐、或软弱、或迂腐，无论是性格还是品格，都比她笔下的女人差远了。苏家的两妯娌，朱丽美丽、娴静、通情达理；吴非聪慧、大方、吃苦耐劳。苏家小妹苏明玉更不是她的父兄可比，商场上叱咤风云，谈笑间杀伐决断，江南、江北横扫千军如卷席，不仅使迂阔的大哥、贪婪的二哥望而生畏，委琐的老父望而生怯，也使自己的黄金搭档、商战知己柳青退避三舍。《回家》中只有一个男人例外，那就是小饭店老板，网名"食荤者"的石天冬，这个人不仅是苏家男人的强烈对照，也是阴鸷而防范的苏明玉的强烈对照。这个傻大黑粗的男人，如一缕阳光，化解了明玉的阴戾和生硬，使她重新怀有女人的柔情。在日益加剧的市场化进程中，中国家庭的伦理基石不断动摇、破裂，财富的诱惑催化着贪婪，以致亲情淡漠，人心冷酷。而石天冬的出现改变了这一切，明玉冰冷的内心开始动摇。而且苏明玉真的像她外表看上去那么桀骜不驯，那么拒亲人和亲情、拒男人与爱情于千里之外吗？错！明玉外表的坚强，正是为了掩盖她灵魂的凄然；而外表的冷漠，也是为了掩盖她内心的温热。其实在离开家的日子里，明玉一直在家门口徘徊，犹豫、挣扎、辗转反侧，抵拒家的诱惑。在所有的诱惑中，家是对女性最大的诱惑。

这是作者倾注了全部热情和心血塑造的人物,身披无情的盔甲,征战于危机四伏的商场,敏感、孤独,灵魂无枝可栖,如黑暗中惊飞的夜鸟。这是目前中国职场女性普遍呈现的情感常态,唯其如此,才显示出阿耐迥异于一般网络小说的深刻。

但阿耐小说又有网络文学轻松、鲜活、好读的一面,兴奋点和节点密布,叙事的节奏感很好。在网络躁动的通俗、媚俗的表达中,阿耐是最具个性化的一位,她的作品摆脱了网络文学"浅写作"的属性,表现出对生活、对社会、对情感、对生命多层次、多角度的思考。她对两性对立以及由此构成的社会结构的不合理性,思考得尤其深入,人海中苏明玉踽踽独行的身影,是现实人生中一个固化的女性符号。渴望亲情,渴望爱情,渴望回家,渴望男性的依靠。在商海波涛袭来的瞬间,在十字路口红灯亮起的一刹那,明玉累了,女人们累了。累了的女人,累了的明玉,特别特别想回家,那一刻,她们的心说不出的软弱。

但回家的路到底有多长呢?这个,只有女人们自己知道。

二〇〇八年十月

灯花落处诗花开
——李永波《闲挑灯花》序

我的朋友梁毅说：我是记者中的作家，作家中的记者！说罢站定，猛一甩头，做幽然一默。我们都笑，前仰后合。梁毅是《安徽工人报》的记者，热爱文学。我们周围有很多这样的人，他们自如地游走于新闻与文学之间，将人文的情怀融入新闻，将新闻的敏锐带进文学。

永波就是这样的人，借用梁毅的名言，永波是记者中的作家，作家中的记者！

认识永波，是七八年前的一个夏天，当然是在酒桌上，永波把眼一眯，酒盅一杵，说，喝！彼时我还有点酒量，就喝。已经记不起来是在哪个小酒馆了，只记得天气很热，灯光很暗，推杯换盏中间，把时间给忘记了。后来永波开车，把我匆匆送进蚌埠站台，结果还没等站稳，火车就开了。

在渐行渐远的月台上，能看见永波招手，他大声说：潘老师，再来噢！

蚌埠是我的家乡，但说老实话，印象并不好。所以这么多年，我很少回去，出差路过，也从没想过要停留一下。但认识永波以后，不一样了，再到皖北出差，我会特意在蚌埠停一下，和永波他们见见面，喝点革命小酒，再就是，聊聊文学。

永波的身边，聚集了一批热爱文学的朋友，常于春秋佳日，纵情山水，诗酒雅集，有了网络以后，在网上踢腾，更是热闹。文学是要有小环境的，因为永波的热心和热情，这几年，蚌埠的文学小环境，渐渐培育起来了。永波在网上的名字，叫"闲挑灯花"，"闲挑"二字很传神，把永波的状态传达出来了。我一直反对把写作弄得剑拔弩张，或是痛不欲生，文学没有那么严肃、沉重、正襟危坐，尤其是普通人的写作。普通人的写作就应该像永波这样，于万籁俱寂、夜深人静之际，一个人"闲挑灯花"，放松、自如、悠然、愉悦。永波的文章，或深入历史，或感慨世态，或忘情山水，或描摹人物，却都是真情实感的自然抒写，不故作高深，也不矫揉造作。沈园绝唱，陶然情殇，永波流露出他缠绵悱恻的一面；流连于禹墟之上，永波涉史成思，涉笔成趣，贯通古今，议论生风。永波的小小说，也颇让我感到意外，简括、精粹、流畅，对文体有很好的把握。

因为多年的记者生涯，永波对现实人生，市井百态，有着超出常人的接触和了解，作为底色，永波的写作也就更多的关乎风俗移易,世态人心了。单纯的记者,写不出永波这样有感情的文章;单纯的作家,也写不出永波这样有洞穿力的文字。

灯花落处,诗花灿烂,愿永波的灯下,永远落英缤纷!

二〇〇八年十月

用孩子的眼光看世界
——读王蕾《谁将听我歌唱》

王蕾是幼儿园的老师,有一张干净的脸。这里的"干净"还不单单指不涂脂抹粉,而是指脸上的神情,王蕾的神情很洁净,很单纯,不大像这个时代的女孩。说是女孩,其实王蕾也不小了,已经过了"不惑"之年。是什么让一个四十岁的女性,仍然保持着童真呢?与王蕾平静的目光对视,我会忍不住感慨。

王蕾很热爱自己的工作,热爱班级里的孩子,热爱自己的幼儿园。我很喜欢她这一点,一个热爱自己工作的女人,才会有职业精神,才会有幸福感、神圣感。我一向认为,并不是有职业的妇女,就是职业妇女,有的女人一辈子在外面工作,有职业甚至有职务,但在精神上仍然是一个家庭妇女。王蕾不,王蕾觉得工作着是幸福的,是美丽的,她对自己的工作,常怀敬畏和感激之心。她觉得孩子的世界是最纯洁、最美的,而幼儿园是她梦寐以求的地方,每一个孩子在她的眼中都是天使,每一次和孩子们的分别,她都会泪流满面:"当轻柔的夏风第三次吹进我们幼儿园里,当火红如炬的石榴花第三度映红孩子们笑脸的时候,我的心在悄悄告诉我:你们要走了,我的小朋友。"(《再见,我的小朋友》)王蕾一年四季都穿裙子,是为了"迎合"孩子们的审美;而她工作中最常呈现的姿态是蹲下,蹲下摸孩子的小脸,蹲下和孩子说话:"让我蹲下来,这样我们就一般高了。"(《又见九月》)王蕾认为,"蹲下"不仅是指动作,更重要的是心态,当自己真正"蹲下"之后,会有很多意外的惊喜。有的孩子犯了错误,王蕾一般不说"你错了",而是说,你这样做老师很生气。王蕾这样说的时候,会像孩子似的努起嘴,微微扭动身子,有一点点撒娇,一点点孩子气。孩子们看见老师这样,往往会去哄她,有的孩子,心中还会"窃喜"。能想象王蕾假装生气的样子,那让一个四十岁的女人,看上去真的很年轻。

让王蕾看上去年轻的,还有文学,还有她童稚的目光所发现的生活中的诗意。平时,王蕾很喜欢念诗给孩子们听:"是谁,敲的窗户沙沙响/是我,小雪花/我从天空来/告诉你冬天到了。"那些简单的诗句,那些美得像童话的诗句,在她的吟唱声中,渐渐深入孩子们的心灵。王蕾说,很多人都觉得幼儿园的孩子不懂什么叫"诗",什么叫"美",实际上,孩子有自己的感受。她说有一次她问孩子们,他们心目中的艺术是什么样子,一个孩子说:艺术是雨,有很多种声音。这句话让王蕾惊讶,也给了她许多信心。王蕾有一个理想,那就是将来退休了,办个班,专门念童话书,念诗歌给孩子们听:"和孩子们一起阅读童话,感受童话,在给孩子们朗读的时候,自己心里也种下了爱的种子,于是就有了许多简简单单的感动,而这些干净简单的感动汇集在心底,成了一种时时伴随我,流淌在心底的温柔。"(《流淌在心底的温柔》)用孩子的眼光看世界,于是王蕾有了这本名为《谁将听我歌唱》的散文集。王蕾的文字轻盈、美丽,质朴动人,有着孩子一般的柔软与天真。谁将听王蕾歌唱呢?当然是我们!

来吧,倾听王蕾的声音,找回童年的心情。

二〇〇八年十月

秀色发江左
——读铜陵女作者散文集

李白一生遍历名山大川,曾三次到过铜陵,留下了很多脍炙人口的诗篇。《铜官山醉后绝句》中的"我爱铜官乐,千年未拟还",《秋浦歌》中的"炉火照天地,红星乱紫烟",固然都是耳熟能详的名句,但我更喜欢《五松山送殷淑》中的句子"秀色发江左,风流奈若何"。杏花春雨,江南秀色,曾是那样的令诗人慨叹,而千年之下,拿来作我们这篇序文的题目,也是再合适不过了。

这是一本女作者散文集,名副其实的"江左秀色",打开书页,有妩媚温润的江南气息缭绕。上个世纪九十年代以后,文学开始走向商业化和消费化,女性写作由此成为一种潮流性话语,女性写作扩大了文学的想象力和感性空间,具有了独特的审美意义。这本文集的作者,是活跃在铜陵各个阶层、各条战线的职业女性,她们在工作和家务之余,用手中的笔记录时代的变迁、社会的变化,描述自己的生活、情感、思想和心情。她们的年龄,从"五○后"

到"九〇后",跨越了差不多三十年的时间,这不仅构成了阅历和情感的巨大差异性,也构成了感知和表达的巨大差异性。

五十年代和六十年代出生的作者,普遍继承了传统散文的写作手法和审美特点,无论是写人还是叙事,都朴素而单纯。徐庆荣的《弹棉花的小伙子》和《我的病友小橘子》,注重对事件和人物活动的完整记述,即便是《湖上暴风雨》这样的情景散文,也有若断若续的事件叙述。方志平的《红泥小手炉》,可以看出冰心散文的痕迹,写人的命运与遭遇,有一种冰心式的凄美和忧伤情愫。汪慧的《金急雨》,也具有传统写人散文惯用白描、长于记述的特点,寥寥几笔,发廊女子的一颦一笑即历历在目。鲁凤的《徼子情结》和《王家大饼》属于传统记事散文的范畴,文字平和,叙事舒缓,散发着生活的温馨。这其中夏彩玲是一个特例,虽然在文集作者中她的年龄最大,但《雨中》、《我心中的丹》、《遭遇瞬间》等,却迥异于那个年代文字的朴实与保守,情境、场景和思绪多以断截面的形式呈现,富有激情,文字激烈。张凤霞的《黑子》和《手相抚》也比较特别,无论是对童年的回视,还是婆媳间心灵的对话,都带有冥想的色彩,而这一点在《手相抚》中,表现得尤为明显。

在这本文集中,写景和抒情的散文占有很大的篇幅。在景物和情绪的描写上,传统散文也有着明显的特点,那就是清晰、明确、有层次性。吕文丽的《冬的江岸》、刘东方的《梧桐花开的日子》、沈维婷的《洲·蝴蝶》、詹倩的《美轮美奂的水龙缪村》，或恬静简阔、或细致入微、或融情于景、或注重诗意和氛围的营造，都表现出作者对传统散文技法的继承和运用。钱玮芳的诗歌《五月艾草》和散文《爱上苦丁茶》，表达了同一的情感和审美，那就是对淡然人生境界的向往。

相比较之下，笔名斯憔的吴晓卿散文，就呈现出明显的"八〇后"风貌，文字中充满了斑斓的色彩、斑驳的意象，以及难以界定的意境和场景，很少完整的"线性"描述。这个，我称之为现代散文叙事的"非线性"特征。九十年代以来，散文的变化非常大，大量新元素进入散文叙事，我概括为"非线性、大信息、快节奏"，甚至在一次理论研讨中，将其称之为"散文叙事革命"。在谈到当下散文的时候，我特别强调"非线性"这个概念，今天的散文对生活、对事件的叙述，是非线性的，事件、人物、感觉、意象、思想、情感，经常是共时态地出现于单位语言之中。《倾城之念》对 A 城街景的描述，对色彩和灯火的描述，对朦胧心绪的描述，都缭乱而纷纭。这是新生代的面孔，展现出一种新的才华。散文家黑陶曾提出"四度"的概念，其中的密度和速度，我尤其赞成。吴晓卿的散文，在语言文字、意象思维的密度和速度上，远在其他作者之上，体现了作者的文字天赋以及文体的时代性。周红的《裙子飘起来》、《我是一只彩色的七星虫》,也是一种以都市生活经验为主体的文字,细腻、华美、幽暗,和吴晓卿的文字一样,虽也有灵魂的震颤和触动,但不够阔大和开展,暴露出新生代写作的不足,也是新生代写作的共性。

由于处于传统与现代之间,"七〇后"作者的文字感觉,也有着明显的个性。王可的《橘子香水》和《你还欠我一米阳光》,自由、恣肆,夹杂了很多现代生活的元素,叙事比较放松。方中会的《念微随记》中"牵绊"、"狗屁"、"午后"几则,信手拈来,随心所欲,有网络文字口语化和大众化的特点,其写作姿态已经完全不同于传统散文的端着面孔。而方孝红的《人间真爱》、《最浪漫的事》,朱莉的《快乐在心》、《同一片蓝天下》,曹雪红的《我学故我在》、《过简约生活》、《我的书房》等,则带有一定的议论或哲思的意味,特别是曹雪红的文字,持论侃侃,议论生发,理性而隽永。我个人主张,真正的女性写作应该抹杀性别的视野,在大的社会文化的视域中定义自己的写作,我尤其反对女性写作取媚于男权文化的倾向,而幸好这一倾向没有出现在这本文集中。

最后,想来说一说曹莉的《守望》,这是文集中唯一的一篇小说,故事完整,境界阔大,人物简净而飘忽,虽是一个小短篇,却传承了传统武侠的笔意和精神。

铜陵是中国青铜文化的发祥地之一,铜的采冶始于商周,盛于唐宋,绵延三千年未曾中断,历史悠久,人文厚重。愿铜陵的女作者越写越好,愿铜陵的山水草木,历史人文,永远沐浴在诗意的阳光之中。

二〇〇八年十月

一同承受,一同成长
——刘政屏《就这样,我们赢了》序

和政屏认识得很迟,也就前几年吧,记不清是在什么场合了,也记不清是因为什么事,文艺界的一大帮人聚在一起吃饭,其中有个生面孔,就是政屏。我的朋友赵昂介绍说:刘政屏,东西写得很不错。经常会有人和我说,谁谁的东西写得不错,我听了也就听了,并不多当真。政屏看上去,一副文弱书生的样子,说话慢声细气,始终笑着。我是张牙舞爪惯了的,对他的谦和,一时竟有些手足无措。

不久就收到政屏新出版的随笔集,文字清新流畅,所记多为工作和生活中的琐事,然而写他和儿子北京求医的几篇,虽是平铺直叙,却是惊心动魄。万籁俱寂的深夜,合肥老城厢沉沉如梦,我的家人都已睡熟了。合上书本,我反复自问,如果是我,我撑得下来吗?

当灾难降临的时候,并不是每个父母,都有和孩子共同承受苦难的勇气;也不是每个父母,在突如其来的变故面前,能够始终保持冷静、决断和清醒的头脑。但是政屏做到了,他以他书生一般柔弱的肩膀,毅然扛起了这突如其来的灾难，一步一步往前走，脸上带着微笑。这就是大丈夫了，山崩于前而面不改色，不怨天，不尤人，不让父母担忧，不在妻子面前发牢骚。后来，我又听政屏亲口对我叙述了儿子得病时，最初那些惊心动魄的日子，有一种天塌下来，要窒息的感觉。我再一次想，要是我，说不定就放弃了。政屏的孩子壮壮，得的是一种人人谈而色变的血液病，以现有的医疗手段，治愈的概率非常非常小。在这样的情况下，父母的坚持，父母的毫不退缩，就变得非常重要。很多人是先病魔一步，放弃了自己或是亲人的生命，就这么一念之差，一切就都不可逆转了。我年轻时一位同事的丈夫，在常规体检时发现肺部有癌变的迹象，在医院的建议下，第二天登上了淮北开往上海的火车。但是一个星期后，他的妻子抱着他的骨灰盒回来了。他和他妻子的感情不好，彼此间很冷漠。所以说，亲情是最有效的治疗。虽说得病时，政屏的儿子还小，不过是一个八九岁的孩子，但这一切，他一定是深切地感受到了。从父亲微笑的脸上，他感受到了承担灾难的勇气，感受到了必胜的决心，最最重要的是，他感受到了自己对于父亲、对于这个家庭的必不可少。所以你看面对病魔，面对一次次难以忍受的痛苦时，他是多么坦然，多么从容，多么义无反顾啊，连大人都无法承受的一切，他都承受下来了。他竟然还有心思看书，看得那么投入；画九大行星图，连病房的主任，都夸他画得好。他们父子就这么并排站着，和病魔对视并且对抗，一分一秒地坚守，不放松一丝一毫。而一向自恃无往而不胜的病魔，越到后来越心虚胆战，最后的结果，如政屏这本书的名字：就这样，我们赢了！

赢了的政屏，在十年后的今天，追述那一段惊涛骇浪般的人生遭际，给我们很多的启迪与警醒。小壮壮的一动一静，一言一笑，历历如在眼前；父子间的对话，也真实还原着当日的情景和气氛。作为给儿子十八岁成年礼的礼物，政屏写了这本书，我注意到，他始终没提那种血液病的名字，这暴露了政屏内心深处的软弱。这一点，长大了的壮壮，不知发现了没有。政屏的文字，亲切自然，真实传神，古语所说"至亲无文，至哀无文"，说的就是政屏这样不事雕琢而又富有感染力的文字了。在政屏娓娓道来的叙述中，我们看到了父与子的一同承受，一同成长；看到一个孩子，如何在危难中感受父爱的强大；一个父亲，如何在孩子的注视下，一点一点，成为示范。

二〇〇八年冬于北城

呼啸而过
——《五虎出列》序

许春樵、赵昂、苏北和刘政屏,打算合作出版一本作品集,一开始听说时,我颇感诧异。不是说他们不能合作出书,而是觉得这四人的文体、文风、情感、审美,以及各自所占有的思想资源和叙事资源,都相差比较大,用一句通俗的话来形容,就是"风马牛不相及"。春樵的优势在小说、赵昂的优势在格言、苏北的优势在美文、政屏的优势在平实记叙。当然,春樵也写散文,但春樵的散文重思想、轻感受、少气韵。而且他的散文无论是数量、质量、高度还是美感,都不及他的小说,作为一个成名作家,别人说到他的时候,是不会想到他的散文的。一样,苏北也写小说,但苏北的小说不怎么像小说,太疏、太淡、太不注重故事与情节,近学汪曾祺,远接明清笔记。众所周知,他一直以汪先生的弟子自诩。他是不太好写长篇的,也不太好写中篇,中篇需要足够的故事资源,长篇需要坚实的架构,这些都是上天给予一个人的"资源禀赋",而不是后天通过练习可以轻易获得。这就如同血型，是生命的底色。当然喽，若能写到汪先生那样，绝对能以小说名于世，但汪先生是不好学的，家学、境遇、才情、天性，尤其是涵养士大夫的社会氛围，早已经失去了。所以汪先生是不好学的，只有另辟蹊径。我女儿还很小，大约是刚读高一或是还没读高中的时候，有一次读到苏北的小说，冷不丁冒出一句话：好是好，不过这样拷贝，有什么意义？我大惊失色，让她这话千万不要到外面去讲：人家会以为是妈妈说的！她斜了我一眼，很是看不起我。我女儿从小熟读汪曾祺，任何一篇、任何一句，都烂熟于心。所以她还是很有发言权的。后来，她读到苏北写女儿高考的文章，大加赞美，认为风趣幽默、气韵生动，而且率性而为、行不由径。这样的文字，妈妈是写不出来的。我女儿自己虽然懒惰，至今"述而不作"，但对我的要求甚高，看到龙应台在成都电视台谈现代化和城市个性的冲突，就喊我过去听：这才是学者访谈——是变相地批评我。

话扯远了，拉回来说。再说赵昂，赵昂的散文中，不是没有叙事散文，但他的叙事散文，显然没有他的"语录体"格言好。赵昂的个性，安静、内敛、耽于冥想而疏于感知，造成他文字的精粹、句式的凝练、思想的深邃、表达的简括。他的文字，带有强烈的警世意味，一针见血，如锥如刺，让人会心一笑，或是心惊肉跳。所以赵昂是不适合写叙事散文、长散文的，警句已足以警世，啰嗦那么多干什么？好了，现在来说政屏。政屏的起步很晚，他之所以拿起笔来，不是出于对文学的热爱，也不是出于挤进作家队伍的愿望，而是生活所迫。不是说钱，是说遭际，当灾难突然降临时，巨大的压力，只有通过文字来缓解和抒发。十年前，政屏的儿子得了一种令人闻之色变的血液病，顷刻之间，天塌了。但他是父亲、是丈夫、是儿子、是家里的顶梁柱，所有人都能后退，政屏不能后退；所有人都能软弱，政屏不能软弱。真是茫然四顾，不知路在何处啊，万般无奈之下，政屏拿起笔来，于夜深人静之际，一点一点书写自己的希望、绝望、坚强、恐惧——逼自己承受，与死神对抗。

所以政屏的文字，朴素、真实、平铺直叙，保留了生活本身的琐屑、温情、坚实和忍耐，以及事件的完整性。不管生活怎样惊心动魄、不堪回首，政屏的文字都是波澜不惊。这是一种很好的品质，不矫情，不做作，不哗众取宠、装腔作势，感染、感动了很多人。作为写作者，每个人都有自己的优势和劣势，擅长和不擅长的，用己所长而避己所短，这叫有自知之明。苏北的散文不以思想见长，却以灵性取胜，而且文字典雅、语词富丽，有语感、有节奏、有中国气息。当然，这得益于他熟读汪曾祺。春樵的小说，早年的《跟踪》、《谜语》、《悬空飞行》、《守望冬季》、《推敲房间》等，有着强烈的形式意味和形而上的抽象与荒诞，在安徽作家中独树一帜。近期的长篇《放下武器》、《男人立正》、《酒楼》等,注重人性的挖掘、表现灵魂的震颤,叙事也趋于现实和通达,思想、情感、阅历在更高的层面上融合。这一回四人合集出书,既是气味相投、山鸣谷应,也是出于一种市场的考虑——四人都出生在一九六二年,都属虎。

可巧的是,为他们插图的著名漫画家吕世民先生,出生在一九三八年,也属虎。吕先生的漫画,想象丰富、着色大胆,洋溢着浓郁的乡野民俗气息,有着广泛的读者基础。中国的属相,如同西方的星座,对人的一生,据说具有神秘的主导力量,又往往不可预测。民间所谓"龙从云、虎从风",是对昂扬生命形态的赞美,借这本书的出版,祝愿他们在安徽的文坛上虎虎生风,呼啸而过。

二〇一〇年九月

穿透时空的鸣响
——朱启方《听那遥远的钟声》序

拿到朱启方的第一本散文集《那阵风的感悟》,十分偶然。朱启方是淮北矿业集团相山水泥公司的宣传部长,众所周知,我是从淮北出来的,对那里的人和事,就有一种说不出的亲近感。说实话,一开始也没怎么当回事,宣传部长嘛,附庸风雅,也有的是沽名钓誉,可看,可不看。把白纸变成废纸,是今天相当一部分文化官员的"雅好",如封建文人的"置一顶轿、刻一部稿",没什么稀罕。可翻着翻着,感觉不一样了,还不仅仅是有感而发、言之有物,而是有焦虑、有思考、有情感、有境界。身为宣传部长,身处大变革时代,朱启方很多时候是首当其冲,感受着转型期的动荡和市场风雨的惨烈。也因此他才对那阵风、那场雨、那片云、那抹绿,如此敏感、欣喜以至沉迷,品茶、品酒、品诗、品文,品味孤独与寂寞,也品味世态炎凉和人间冷暖。

所以等到他出第二本集子《听那遥远的钟声》,通过朋友表示希望我来写序，我一口答应下来。改革开放之前，很长一个历史时期内，散文的创作主体都是以职业文人为主，八十年代之后，散文创作主体的构成日趋复杂，社会各阶层尤其是过去不善于表达自己的阶层，广泛地参与进来。今天，散文已经成为一种大众文体，以庞大的写作队伍，创造出壮阔的文化景观。《听那遥远的钟声》以"品诗悟理"、"百花齐放"、"钟情山水"、"坐看云起"四个小辑，收录了八十余篇散文，《听那遥远的钟声》、《挥泪怅千秋》、《一蓑烟雨任平生》、《金戈铁马唱豪词》等，徜徉历史长河，掸拂岁月烟尘，于唐诗宋词的氛围中开启诗心，感悟沧桑，寄托精神。可以看出，朱启方有着深厚的古典文学底蕴，和中国古代文人"心忧天下"的精神。对于文化官员来说，读书比喝酒好，写诗比嫖娼好，这道理一目了然。也不仅仅是文化官员，所有的官员，都是读书比喝酒好，写诗比嫖娼好，这道理同样一目了然。封建时代的官员，虽说也是官员，但同时也是士大夫，在漫长的科举道路上，于经史子集的浸染中，形成了"先天下之忧而忧，后天下之乐而乐"的情怀，和"修身、齐家、治国、平天下"的人生理想。游学的传统和游宦的体制，使得古代官员不管到了什么地方，都能够传达统一的儒家思想和价值，关注民生疾苦。也因此今天的西方国家，才开始重新审视中国古代的文官制度。中国古代一些著名的文学家，柳宗元、刘禹锡、欧阳修、苏东坡、王安石等，都曾长期担任地方官,但后人记住的不是他们的官职,而是他们的文章。我们当然不能要求和期望朱启方像李、杜、欧、苏一样,成为伟大的文学家,但他对儒家经典和古典诗词的热爱,却丰富了他的情感世界,涵养了他的道德操守。他的散文,经常引用古人诗句,涉及历史事件,不是生搬硬套,而是行云流水,和古人达到灵魂的默契,精神的相通。他的淡泊名利、笑看纷争,是从苏轼的"一蓑烟雨任平生,也无风雨也无晴"中来;他的感念春风,流连秋月,源自于古人对天地万物的悲悯;徘徊于屈子祠堂、岳麓书院,他心思苍茫;深夜读史,灯下独坐,他心潮澎湃;幽州秋风,一样吹起他悲秋的诗絮;南山暮色,也曾唤起他归田的诗怀;坐看云起,才能笑看云落,钟情山水,方是人间大爱。好了,现在让我们在喧嚣的闹市,打开朱启方的文集,和他一同聆听那遥远的钟声,让那穿透时空的鸣响,洞穿心灵和岁月。

二〇一一年六月

意承唐宋，道接千年
——观吴雪《翰墨情怀》书法展有感

吴雪的书法，带有很强烈的文人意识，这一点让他在同年龄段的书法家中，独树一帜。自东汉起，书法就成为一种抒发自我情感、体现主体意志的精神符号，在"书写"的几大特征：情感性、时间性、空间性和不重复性中，"情感性"是其本体特征。王微所谓"望秋云，神飞扬，临春风，思浩荡"，虽然说的是绘画，但在我们这个"书画同源"的国度，书和画都是一种个体生命的体验，一种主体情感和价值的展现形式。

吴雪新近展出的书法作品《翰墨情怀》，以"文哉安徽"、"美哉安徽"、"壮哉安徽"为集辑，表现出他对家乡土地的深情大爱和赤子之心。和一般的书法家不同，吴雪的社会身份是官员，但这一点，不仅没有成为他书写的障碍，反而丰富着他的笔墨和情感，拓展了他书法审美的意义空间。在中国书法的精神谱系中，历来就不乏特立独行的官员，比如王羲之，比如苏东坡，比如黄庭坚。其实严格意义上说，中国历史上著名的大书法家，褚遂良、颜真卿、欧阳询、柳公权、董其昌等，官都当得不小，他们现实人生中的第一身份，都不是书法家，而是官员。这当然首先和中国古代"科举取士"的文官体系和文官政治有关，也和中国艺术的"诗言志"传统有关。而比官员身份更为本质的，是中国书法家的文人身份，庞大的"士"阶层，构成了中国书法最广泛、最坚实的文化基础。只是到了当代，传统的文化语境被剥离，中国书法才从"文人化"转向"非文人化"，成为一种纯粹的职业和技术。也正是从这一意义上，我们充分肯定吴雪的行草——吴雪书法所散发出来的文人气息和人文情怀，接续了古人的生命激情和情感律动。作为一种以文字为载体、传达独特审美理念的艺术，书法对于文字（内容）的依赖固然不可忽视，但它对创作主体心灵和情感的抒发与传达，似乎更是第一位的。吴雪书法的最大特点，也是他书法的最大个性，是其文人性和心灵化。读他的《翰墨情怀》，他对土地的深情、对生活的热爱、对人生的理解、对理想的坚持、对"道"的守望，都在线条深处，在笔墨深处奔流，有一种直达人心的情感力量。他以持续的创造力，表现出强大的重构自己书法世界的能力；他以温润的人格、恢宏的表达、流畅的诗意和广博的情怀，涵养着当代书法的精神生态。在商业化、市场化、信息化和科技化的现代语境下，书法很难保持一种不被异化的纯粹，而吴雪书法，为我们提供了一个抗拒异化，重返心灵的样本。

二〇一一年十二月

如水的气息,复活的记忆
——《风起大通》的民俗学意义

十九世纪中叶以来的晚清中国,正当西方势力的剧烈争夺之中,内忧外患,纷至沓来;东南糜烂,列强环伺。铜陵作家李云和朱斌峰合作的长篇历史小说《风起大通》,就是以这一历史时期为背景。小说着力刻画了身处大动荡、大变革时代的晚清知识分子的追求和梦想、牺牲与奉献,以及个人命运的大起大落,载沉载浮,再现了他们在挽救国家危亡道路上的艰难跋涉和探索。小说对重大历史事件和重要历史人物力求真实再现,结构宏阔、叙事苍劲、人物性格鲜活。而我个人尤为看重的,是它对大通地域风情和单元民俗的描绘与展现,以及由此呈现出的民俗学意义。

据《鹊江风俗志》记载,铜陵县大通镇,因"夹江一盐舶停焉"而成。也就是说,它最初的形成,是因为盐,而其繁盛,是在清朝的乾嘉年间。当年,一条巨大的盐舶常年停泊在大江之上,作为皖南一带最大的食盐集散地,大通每天的流动人口,竟高达十万。这数字颇有些骇人听闻。关于"大通"的得名,一说是四通八达之意,也有人说,是因镇上店铺前后均开有门,任人自由出入。至宋室南迁,国家经济倚重东南以后,大通的商贸活动日趋兴盛,水驿遂由市镇所替代;明初,这里设巡检司、递运所、水泊所等经济检查机构,与铜陵境内另一古镇顺安镇的"临津驿",同为当时朝廷在全国设置的一千六百多处水陆邮驿中的两处;清设"纳厘助饷"的"厘金局"和"楚西检局",后者为江西、两湖、安徽中路盐税征收机构。公元一八五三年,清咸丰三年,为了对抗太平军溯江西进,清政府在大通设驻了"大通水师营",辖枞阳以下东至荻港江面。当时的长江水师提督彭玉麟,以此为天然良港,地理适中,在此练兵筹饷,设参将衙、二府衙、厘金局、皖岸盐务督销局等行政机构,统辖和督办沿江数省盐务。在他的主持下,修建了三条块石路面的主街道,又对原有的十条街巷进行了修整,合称"三街十巷"。街巷两边绵延有多家钱庄、银楼、澡堂、茶馆、旅社和妓院,以及报馆、学校、蛋行、美孚洋行、火力发电厂、圣公会和天主教堂……繁盛时期,与安庆、芜湖、蚌埠并称为安徽的四大重镇,所谓"安芜蚌大",名噪一时,以致长江中下游一带的客商以及每年朝拜九华的海外香客,只知大通,不知铜陵。

小说就是在这样一种文化氛围中展开,铺陈出一派繁华喧嚣的江上重镇景象。如水的气息在小说叙事中散发并缭绕,浸润着鹊江两岸,街头洲尾的院落、药铺、米店、酒肆、染坊、烟馆和徽州风味的粉墙黛瓦、画栋雕梁。清字巷、汉字巷、浩字巷、澄字巷、潆字巷……荷叶洲上的三街十巷,无不弥漫着丰沛的水气,而活跃于其中的,是以盐务为大宗的两湖帮、金斗帮、大邑帮、新安帮等晚清名噪一时的洲上商帮。大通的历史和人文,就这样一点一点在文字中复活,唤醒久远的记忆,带来无尽的遐想。

这是大通人共同的文化经验,大通人集体的民俗记忆,而《风起大通》把这种共同的经验和记忆,完整地呈现出来了。它重现了一个生机勃勃的世界,这个世界是一个生命系统,它有自己的自然和人文,自己的人物和伦理,地方文化形态、人的生存形态、伦理道德系统的完整性等,而这些似乎比"自立军"起义这一历史事件本身,更有文学的意义和价值。

正如作者所说,"大通是一本散页的线装书",他们"试图在历史的记录、古老的轶闻中,寻找地域的文脉;试图切入历史岁月的敏感与激情部位,记录大通曾经的激情和诡谲的热血,试图用志士、江湖、商贩、戏子、跑船汉、手艺人等一张张面影,构筑一段水汽氤氲而又风雷激荡的历史;试图在自立军起义这段壮烈和血腥的画卷中,揭示背后的人生命运感和地域精神的走向",现在看来,他们做到了。

二〇一一年十二月

这一切才刚刚开始
——《享受合肥方言》序

最近,一张"方言地图"在网络上悄然走红,在布满图标的地图上,黄色系表示客家话,蓝色系表示福建话,橘红色表示吴语,紫色系表示粤语,棕红色表示湘语,玫红色表示赣语,棕色表示晋语……从二〇〇九年开始草创,到二〇一三年四月正式上线,两个美国人,柯祎蓝和司圆直,用这样一张"有声地图",来记录中国"正在消失的方言"。

当然,柯祎蓝和司圆直,是他们的中国名字。在"推普"仍然是中国语言发展的基调,英语越来越成为世界通行用语的今天,两个美国人:美国亚利桑那大学英语和语言学硕士 Steve Hansen(司圆直),和台湾清华大学语言学研究生 Kellen Parker(柯祎蓝)为保持中国语言多样性所做的努力,令人感动。

飞机、高铁、高速,飞驰的岁月,掩盖了"少小离家老大回"的乡思;在普通话流播天下的当下,淹没了"乡音无改鬓毛衰"的乡愁。随着现代化、城镇化、信息化、全球化,迫使汉语方言迅速退出社会流通的大舞台,与方言流失同步的,是文化传承的危机,是文化差异性和多样性的消除,是民俗文化和区域情感消亡的危险。

方言不仅是一种交流工具,更是一种文化载体。从文化学的角度上说,方言是地域文化得以沉淀的重要形式,是地域文化认同的重要标识,是地域文化建构与传承的重要手段。方言的流失意味着地域文化的缺失甚至消亡,而方言作为"第一母语",凝结着持有者真实的生活经验和鲜活的情感体验。

也正是从这一意义上,从这一文化高度上,我们才能充分认识和肯定刘政屏的《享受合肥方言》。合肥地处江淮之间,兼容南北文化,其方言承载的民俗、趣味、情感、经验,丰富、鲜活、驳杂,是对江淮地域文化最生动的表达。过去,读张氏姐妹张允和的《张家旧事》,其中的方言俚语就曾对我构成极大的吸引,可惜很多在现代生活中都消失了。著名语言学家,吴语研究专家钱乃荣说:"方言是最自然本质地表达中国多元文化的根茎。"钱乃荣致力于吴语研究和方言保护,曾研究开发"上海话输入法",在吴语区乃至全国都引起了很大的反响。而刘政屏的《享受合肥方言》,则是从民间的角度,对合肥方言进行的抢救性保护,是希望通过自己的努力,记录合肥方言难以置信的多样性和丰富性,重现它曾经拥有的强大和鲜活。在普通话主导的社会语境中，方言的生存空间日渐狭窄。而随着城乡一体化进程和人口的频繁流动，"闹门子"、"吵闲话"、"烈躁"、"三不三"等极富表现力的合肥方言，在当下生活中都不复存在了，好在通过政屏的描述，我们得以认识它们，重新唤起那些逝去的记忆。

很多年以前，刚到合肥的时候，我曾写过一组名为《合肥方言考》的随笔，那时合肥方言带给我的惊奇不言而喻。而短短二十年间，我在文章中写到的合肥方言："得味"、"崇"、"做夹子"、"搭披厦"等，年轻一代已经不再使用，或是十分陌生。方言通过代际传播，现在的很多家长，在孩子牙牙学语阶段，就不许他们说方言，怕影响了普通话的发音。从小就割断孩子与方言的联系，加上学校的强制普通话教学，直接造成了方言的断层。而依照五四时期的语言学家刘半农的说法，方言是一种"地域的神味"，如此，合肥方言的消失，意味着合肥正在"失神"。

所以"这一切才刚刚开始"，拯救方言，就是拯救地域文化，就是打捞民间记忆，就是提升文化自信。

去做吧，让我们一起努力。

二〇一三年八月于匡南

消失的村庄
——读邱晓鸣《乡里·城里》

最新统计数字显示,最近十年间,中国的自然村由三百六十万个,锐减至二百七十万个,也就是说在我国,每天都有上百个村庄消失。"撤乡并村"、"旧村改造"、"宅基地整治"、"居民点建设"、"承包地换社保"等以腾出更多城市建设用地为目标的乡村改革,正在从沿海向内陆一路高歌猛进。"乡土中国"正在消亡,绵延数千年的中国乡村传统和文化正在断裂。也正是在这样一个大背景下,我们来认识并充分肯定《乡里·城里》的价值和意义,感受一个作家在"村庄消失"的文化语境下,内心的严重不安和不甘,以及他欢欣鼓舞的语言背后,所流露出的他自己都未能觉察的矛盾和忧伤。

在以"梦里乡村"为主题的第一辑中,作家为我们细致甚至琐屑地呈现出大地的季节变换,庄稼生长,描绘农时主导下的乡村秩序和风俗民情。立夏的早晨,母亲要在孩子的脖子上挂一个煮鸡蛋,以防"枯夏"或"瘦夏";小满那天，二嫂要把墙上的镰刀一把把磨得"风快"，二哥则开始收拾扬场的叉子和木锨；二月二，大哥用草木灰在场院的地上划圈，谓之"围仓"；开秧门的时候，男人们能够享用贫瘠年代难得一见的米酒、腊肉、糯米团和咸鸭蛋。端午节包粽子，七夕晚上拜月，立秋过后"贴秋膘"，腊八过后磨豆腐……一个个节令，一串串农时，点燃起劳作的热情，串联起乡村的岁月。在乡村民俗中，农时也是节庆，能够集中展示一个地区丰厚的文化、悠久的历史和独特的风貌，有着强烈的地域色彩。晓鸣的家乡，地处江淮之间的皖东丘陵地带，冬季寒冷少雨，夏季炎热多雨，春季冷暖多变，南北风俗交汇，稻作旱作杂呈，储存了丰富的民俗文化和悠久的农业文明经验。所以即便是计划经济时期，物质贫瘠年代，作家笔下的乡村生活也依然热气腾腾，多姿多彩。何况还是以孩子的眼光，孩子的感受，"麦子黄黄"时节"杏子黄黄"的诱惑，杀年猪、磨豆腐，年关将至的氛围，端午早晨飘香的粽叶，货郎挑子上五颜六色的糖豆，给人的感受都是那样鲜明，那样强烈。而与农时紧密相连的，是农谚。随着作家对乡村生活的描述，大量音律和谐，语言生动，富有生活气息的农谚开始在文中出现。如果说"惊蛰乌鸦叫，春分地皮干。清明忙种麦，谷雨种大田"这样广为流传的《二十四节气歌》，是回音最为久远的乡村歌谣，那么"粽子香，香厨房，艾叶香，香满堂，桃枝插在大门上，出门一望麦子黄，这也端阳，那也端阳，处处都端阳"所传达的，则是蓬勃的生命力和丰收的喜悦。从这些农谚中，我们知道了"朝立秋凉飕飕，夜立秋热烘烘"，知道了"秋不凉，籽不黄"，知道了白天立秋和半夜立秋所带来的巨大差别。而毛蛋子、奶林子这些儿时伙伴，也个个都出口成章："一巴一巴，哗啦啦，日本鬼子到你家，抠你爸的大脚丫"，"昨日你家发大水，你妈变成老乌龟，吓得你爸变成鸟，扑棱棱地满天飞"，"打破天，骂破门，听见外面狗咬人，拿起石头来砸狗，却被寡妇咬一口"等顺口溜，在文中随处可见，合辙押韵，生动俚俗，充满了野蛮的智慧和力量。乡村文化生态，本就驳杂而茂密，而刘寡妇的戾骂，瘸腿长庆的凶蛮，与快嘴的大嫂，财迷的二嫂，偷偷去河湾和大奎约会的大姐一起，构成了丰富的乡村人性，呈现出一种真实而生机盎然的生活景象。

晓鸣散文的另一大特色，是大量皖东方言的运用，增强了文字的表现力和感染力。"忙不迭"、"不值当"，显然比"来不及"、"不值得"更口语、更生活、更个性，也更加铿锵。"拿"不用"拿"，而用"拾"：娘"拾了十个鸡蛋，去水井边给刘寡妇赔不是"，厨房不叫厨房，而叫"锅屋"，还有"搥炮子"、"挨千刀"之类，都极具地域色彩，生动形象。与城市生活相比，乡村生活更易被心灵所收藏。因此相比较而言，这本集子中的"城里"部分，写得不如"乡里"部分，还不仅仅是缺乏情感，缺乏美感，作家对城市生活的表现，也显得仓促而杂乱无章。尽管竭力回避，我们仍然在"城里"的描述中,感受到膨胀的物欲,群起争利的环境,人情的淡漠,和经济社会的暴力生长。但我们也不能责备晓鸣,失去了他所熟悉的乡村氛围,失去了儿时的伙伴,失去了爹娘哥嫂和"亲亲的麦子",也就丧失了真实的情感,乡村的荒凉,最终化成了作家内心的荒凉。也正是在这一层面上,晓鸣的写作具有了文化标本的意义,他所唤醒的,是被遗忘的乡村记忆和鲜活的村落历史,而他的乡村叙事带给我的,则是一种巨大的忧伤。

诺贝尔经济学奖得主、美国经济学家约瑟夫·斯蒂格利茨说过,二十一世纪对世界影响最大的有两件事:一是美国的高科技产业,二是中国的城市化。在这场人类文明史上最大的人口迁移和重组中,中国数千年的农耕传统和生活方式,遇到了前所未有的冲击和破坏。春天的皖东,虽然仍旧被青青的麦地和葱绿的树木所包围,但那些只剩下老人、妇女和孩子的村庄,还有往日的生机吗?

二〇一三年十月

干净的笑容最温暖
——电影《一个温州的女人》观后

"三八节"前夕,在"海达的城市"合肥,观看了他新执导的小成本影片《一个温州的女人》。

说是"海达的城市"并不确切,海达早已回到了上海,合肥不过是他青少年时代生活过的城市而已。但他的合肥话依然地道,三言两语,传达出浓郁的乡情。主打文艺、主打温情、主打画面的美好和情绪的流畅,用海达自己的话来说,就是"希望电影能表达一些温暖的、救赎的东西"。根据民政部和全国"老龄办"发布的《中国老龄事业发展报告》(二〇一三),中国六十岁及以上老年人口,在二〇一三年突破了两亿,而患慢性疾病的老年人数和空巢老年人数,则突破了一亿大关。

中国老人越来越多,中国社会老龄化越来越严重,中国已成为世界上老年人口最多的国家,空巢老人大量涌现。老人们所面临的生活需求、亲情需求和安全需求,根本无法满足,晚景凄凉,生命无力,心境黯然。拿什么照亮他们孤独的内心，让老人们安度晚年？凭借该片荣膺英国万象电影节影后的马翎雁，以生动细腻的表演，展示了"一个温州女人"的力量，给我们这个老龄化社会，带来了一丝安慰和温暖。

一个温州的农村妇女，一个北京的大学教授，构成了一对矛盾，一对冲突，一对牵扯，一对依恋。在这部片子中，女主角马翎雁的表演，无疑是最大的亮点。而马翎雁最大的特点，是笑，她的笑容干净、自然、流畅，灿若秋阳，清如山泉。她的表演一扫娱乐圈女星的浮华和矫饰，明亮、独立、自信、清新，让人深受感染。这个温州女人她成熟，但不世故；她复杂，但不混浊。她的笑没有心机，没有欲望，不世俗，不市侩。她赋予了影片一种干净而温暖的气质，一定程度地消融了汹涌而至的空巢危机给中国当下社会带来的措手不及和惶恐不安。

不同于西方的老人，中国老人一般对儿女的期望较高，依赖较深，因此空巢老人会感到万念俱灰，会更加在意人情冷暖。也因此马翎雁传达出的最大能量，不是坚强，不是自信，而是亲情和温暖。在社会变得越来越冷酷，中国的伦理基石已经破碎不堪的今天，这个温州女人以她柔软的肩膀，坚守着人情冷暖的伦理底线。中国社会的转型，又到了一个紧要关口，充满了阳光和向上的力量，也充满了动荡和不安。如何用人性的力量、道德的力量，消除社会的不良情绪，《一个温州的女人》做了很好的尝试，在渐次展开的美丽画面中,我们甚至暂时忘却了生活的艰难。

任何时代,电影都应该直面社会,用镜头表达自己对生活、对人性、对当下的理解。电影应该深入到中国社会的核心现实,并在这种深入中完成精神的超越。《一个温州的女人》无疑做到了这一点,在生命的伤痛面前,马翎雁的笑容像鲜花一般开放,超越了现实,超越了苦难。据悉马翎雁是温州苍南人,身上有着温州女人所特有的娟秀和温婉。影片以苍南桥墩碗窑为背景,融入了很多苍南元素,美丽的玉龙湖和玉苍山,在镜头下美丽地展开,如女主角的笑容一般流畅自然。不能不说,在中国电影的镜头越来越华丽,而内容越来越空洞的今天,这部小成本制作的小众电影,为我们找回了电影的尊严。

二〇一四年三月

秀外慧中，慨然中华
——读姚中华《凝望与行走》

和中华认识，总有快二十年了，这让我常常想起"少年子弟江湖老"这句话，感叹流逝的岁月。

一开始，并不知道他是江南人，虽说从外貌上看，中华眉目清新，面容清秀，但行止果敢，性格爽利，和我身边的淮北人差不多，就一见如故，老朋友一样了。我这个人，不喜欢男人吞吞吐吐，黏黏糊糊，喜欢快人快语，大马金刀。后来知道他是芜湖人，吃惊得不得了。芜湖是长江左岸著名的水陆码头，世风奢浮，民情市侩，商业化程度很高。但中华身上，丝毫不见市井习气，与他相处很轻松，很愉快，不像有的人，与我交往，就是为了发稿。也知道他平时忙里偷闲，写点散文随笔，问他有稿子没有，他总是有些失措地说："哎哎，潘老师！我那些东西，怎么能拿给你发表！"

所以，当他把《凝望与行走》的文稿捧给我的时候，我着实有些吃惊了。中华以企业管理者的身份，于繁重的工作之余，嘈杂的环境之中，坚持散文写作，这不能简单地看作是一种业余爱好。我所关注的一位基层作家，身居地方要职，政治生态恶劣，前不久该地区发生剧烈的官场动荡，担心他被卷入其中，我打电话去问，他却斩钉截铁道：放心吧，潘老师，我有文学！果然，在后来揭出的贪腐窝案中，有近百人牵连进去，他则安然无恙，用他自己的话说，是文学救了我！这是肺腑之言，有一种劫后余生的庆幸和喜悦。在我看来，文学是一剂良药。因为要写作，所以要思考；因为要思考，所以要躲避烦嚣。别人在酒桌上，你在书桌上；别人在纸醉金迷，你在清风明月……这时候才知道，有文学真好。文学可以清净内心，安放灵魂；文学可以抵御诱惑，远离纷扰。写作需要时间，需要心境，需要言行的自律，精神的自洁，不知不觉中，你就会远离堕落和污浊。所以因"朋友之缘"引发的长篇大论，不仅是中华对朋友真谛的理性追问，恐怕还有基于现实生活的真切感受；以"大师为邻"所表达的，也不仅是对大师的仰慕，还有"虽不能至，心向往之"的道德情操；面对"北方的鸟巢"，他不由自主流露出一种生态焦虑；"沿涡河行走"，他感受土地的辽阔，历史的深远，先哲的崇高。从心理上，中华已经完全认同了皖北文化，他对"淮河"的"凝望"深情而专注。穿越历史，穿越苦难，穿越现实和俗世，中华获得了完全不同于一般人的生活。

  如果说中华的这一类文字，严谨端正，追求宏大，那么他的另一类文字，则展示出他的温情，展示出他对细微生活的观察力和表现力。在他的笔下，鸡犬都通人情，都有了人性；他难忘"老屋"的一砖一瓦，一草一木；"摸秋"和"藏秋"，使他的童年充满了意趣；对母亲的思念，化作梦中的泪水；而随着时间的推移，逝去父亲的面容，却变得越来越清晰；他的舌尖之上，至今留有少年美食"方片糕"的甜和涩；而"通往村庄的泥土路"以及"江南的水跳"，都已深深植入他生命的记忆。中华的文字，有着极好的感觉，如"雪渐渐大了起来"，"这是北方的二月天"等，都看似平淡，实际需要很深的功力。我尤其欣赏"行走在古城的街道上，我无法想象这座叠压的古城，在历史的岁月中呈现出怎样的奢华。这让我开始用一种近乎虔诚的目光，打量着街道上过往的行人，他们身上流淌着厚重的商业文化基因"这样的表达，平实自然，传递出温暖、积极、向上的信息。岁月的发际线，已在中华的额头高高上扬，但他依然自信、依然乐观，几乎没有负面情绪。散文是中华的另一个世界，另一个自我，他的价值、他的情感、他的喜好和厌恶，都在他的文字中体现。而远处是山，更远处是海，天空正飘着美丽的卷积云，中华的写作，才刚刚展开。

二〇一四年六月

岸上风景,千载诗心
——读陈春明《心岸踏歌》

很早就知道,池州是一座诗城,因此这里的山水,俱富含诗意,这里的生众,多禀赋诗情。读陈春明的《心岸踏歌》,始知此言不谬,千载之下,杜牧之后,池州诗人层出不穷,代有才人。

收录在《心岸踏歌》里的散文,无论是"秋浦流韵",还是"大地足音",无论是"月影心声",还是"文苑屐痕",都承接了中国诗人行吟的传统,传达出中国文人寄寓山水,心忧天下的悲情。随陈春明"缓风摇橹出池州",我们轻松漾过池州的一条条河流,一座座桥梁,感慨池州纵横交错的发达水系,领略"清溪夜月、百牙荷风、南湖烟柳、六峰霁雪"等"古池阳"绝美景色。在他的笔下,万种风情的万罗山,秀山门外的杏花村,于池州的山水间如画般呈现,烟雨迷蒙,或春和景明。当然最是令人心醉的,还是李白的秋浦、杜牧的杏花,千载以下,荡漾于秋浦河上,两岸古木森然,如冠如盖,如碧如黛,水天一色。太白石床、枫杨古林、灯盏古渡,冲我们迎面而来,或飘然而过。这是李白的池州,杜牧的池州,也是陈春明的池州,在霏霏春雨之中,吟唱唐人的诗句,我们感受池州人文的厚重;朗朗秋月之下,回味陈春明的文字,我们沉醉于池州山水的美好。秋浦河从石台山区纳众流蜿蜒而下,至城外杏花村汇入长江,因其流"澄碧长秋"而得名"秋浦",沿岸青山连绵,碧水清流,美若潇湘,而春明的文字,朴素自然,灵动自若,最能体现"流韵"二字。"春天来了,河水涨起来是与桥的拥抱和亲密;夏天来了,歌声舞影的清溪河与徜徉流连在桥上的行人相看两不厌;秋天来了,河水倾听着桥的诉说;冬天来了,只有河与桥不离不弃在寒风中守望。"季节的转换,岁月的流逝,在春明的笔下徜徉而出,却有巨大的悲凉笼罩。我一向坚持,中国文学对于世界文学的重大贡献,是"乡愁"和由此生发出的"巨大的悲凉",而作为一个美学范畴,它为中国文学所独有。

一直以来,春明都在主持地方的宣传文化工作,以文化官员的身份,如何让自己的创作既体现文化关怀和人文情怀,又符合主流意识形态的要求,是一个矛盾,也是一种挑战。而春明做得很好,不仅文字优美,文心纯净,而且有很健康的情绪,很昂扬的格调。近年来,池州倡导生态文化,主打绿色旅游,而很多人正是通过春明的文章,认识了池州,认识了地处深山、名不见经传的"石门高"。岸上风景殊美,千载诗心依旧,春明的这本散文集,真的很好。

二〇一四年十月

互联网时代的个体焦虑
——读赵昂、鲍传江手机对话录

一个是思想者,一个是艺术家;一个在体制内,一个在体制外;一个一丝不苟,一个狂放不羁;一个固守在办公大楼,一个浪游在天南地北,却在长达十年的时间里,突破千山万水,积攒起十多万字的手机短信,完成了两个人之间的"二指禅"。

这本以手机对话为内容的新书,是互联网时代的民间记忆,是宏大叙事下的个人书写。

不管我们如何描述这个时代,速度、变化、危机都是它最显著的标签。互联网改变了一切。工业化所派生出来的同质性、一元性、中心化、集中化等思想特质,被快速生长的信息社会所覆盖、所稀释,移动化、个性化、差异化、泡沫化迅速笼罩了我们的天空,成为这个时代的最大特点。从二〇〇二年起,几乎和中国社会的信息化同步,赵昂和老鲍之间,开始了他们的"二指禅"。有时是清晨,有时是深夜;有时是精神的困扰,有时是现实的纠结;有时是欢乐，有时是痛苦；有时是同感，有时是异见……他们就这样一天天、一年年，隔空喊话，渴望对方的响应、呼应，求得心灵的冲撞、温暖。在一个信息日益充斥的时代里，思想渐渐被遗忘，而正是这种被遗忘的恐惧，成为他们十多年如一日，不断飞动手指表达自我的动力源。游走在官场规则和大众娱乐的交叉地带，知识分子无处突围的理想主义，以最疯狂的姿态，与互联网无厘头对接。

我们有幸身处体制深刻转换、结构深刻调整、社会深刻变革的重大历史时期，而我们的种种不幸，也深隐其间。英雄退场，政治淡出，社会情绪低迷，大众精神涣散。贫富分化开始定型为社会结构，面临着由理想主义到物质主义的巨大不适应，有人愤怒，有人麻木，有人堕落，有人不甘……而十多年来，我们所经历的这一切：我们的痛苦、我们的困惑、我们的挣扎、我们的焦躁，在赵昂和老鲍飞动的指尖，都有所流露、有所表现。以思想的体验化、思维的情感化为特征，二人创造了只属于自己的表达模式，储存了丰富的个人经验。

从赵昂已经出版的《正确的废话》、《画里话外》、《轻描淡写》等散文随笔可以看出，赵昂的写作是思想的写作，思考是他文字的品质，也是他与市面大量流行的欲望文本、消费文本的最大区别。他的文字充满了不平、疑虑和沉思，同时又脆弱而敏感。相比较之下，老鲍显得更另类、更感性、更先验、更异端。老鲍的兴趣和实践，更多的是在艺术领域；而赵昂的兴趣和实践，更多的是在理性层面。这之前不久，老鲍曾有一个很难界定的个人图片展，以一种极端个人的方式，表现他的愤懑不平和肆无忌惮。他以互联网时代海量的截图为资源，完全独立、超然于荒诞的现实之外，通过破碎、撕裂、拼接、重叠，赋予画面以多向度、大信息量和隐喻性。经过轻薄化、碎片化、煽情化、欲念化，这些亮丽乃至刺目的图像，于喧嚣中暗示出脆弱的本质，于颠覆中释放欲望的力量，极端抽象又极端具象，极端清晰又极端模糊，极端经验又极端超验，有着广泛的象征意义。它是对人的精神、情感、冲动、本能等生命形态的隐秘呈现，对紧张、恐惧、孤独、幽闭等人类心理残疾的深情关注，是锋刃上的舞蹈，坠落中的飞升，是裹挟着尖锐的疼痛和绝望，在灵魂层面进行的搏杀，入目惊心。冲出日常生活的包围，老鲍营造了一个完全陌生的影像世界，在重新建构中，完成了对历史和现实的超越，以及对当下普遍精神图景的展示。而这些情绪和思考，在这本书的"艺语"、"呓语"和"夜语"中，都以文字的方式，再一次呈现。

现代社会，每个人都是一座孤岛，每个人都渴望靠近，渴望温暖。这些留存下来的短信，是他们相互取暖的记录，描述着他们的工作和生活，承载着社会的激荡与变迁。当然，更多的还是他们的追问，他们的焦虑和不安。只有不愿苟活的人，才会追问生活的意义，但现实是如此喧嚣，追问的声音又是如此微弱,以至于只有他们自己,才能够听得见。

然而追问的意义,即在追问本身,我问,故我在。

二〇一五年一月

挂霜
——对于散文的个人化理解

很喜欢曹操的短文，那是一些公文性质的"表"和"令"，然而简约严明，清峻通脱。从人格上看，曹操是一个集诗情、才情、胆气、戾气于一身的矛盾体，而作为政治家，他的文学成就可谓千古独步。一方面他极端自负，像"使天下无孤，不知几人称帝，几人称王"这样的皇皇大言，"宁我负天下人，不叫天下人负我"这样的惊世之语，不仅体现了一定的话语勇气，也开启了魏晋一代"任我"之风。一方面他又十分专权，杀人无算，政治严酷，影响到文章方面，就形成了清峻的风格。我的家乡皖北一带，一马平川，民风彪悍，又因与曹操家乡亳州同属于一个民俗单元，"三曹"、"七子"和"竹林七贤"中的嵇康、刘伶，都曾长时间地在这一带活动。也因此魏晋诗文的古直悲凉，沉雄阔大，对皖北文风影响深刻。一个写作者，在其风格形成和发展的过程中，地域性是一个十分潜在而又不容忽视的因素。我的第一篇纯文学性质的散文《沙原一轮老太阳》，写在三十出头的年纪，其时我还在高校教书，又过了五六年后，才调入安徽省文联，真正由学术转向创作。读过这篇文章的人，第一认为我是男性，第二认为我是五十岁以上的男性，因为文笔和文风，太不像一个女性，太不像一个年轻人了！就是今天，很多熟悉我的人，明明知道我的性别，只要一读到我的文章，哪怕我就坐在他的对面，他也仍然把我想象成一个男性，对于这一点，不仅是我，他们自己也深感困惑。有人认为，这是因为我的文字"秋气太重"，或是"太过肃飒"，而我自己的理解则是"挂霜"——散文是一种"挂霜"的文体，比起其他文体来，它在审美上，更倾向于简净与深刻。

对于现代通行的四大文体：诗歌、散文、小说、戏剧，我个人一直有这样一种观点，那就是诗歌、小说和戏剧，都是直接移植于西方文体，与中国传统意义上的诗歌、小说和戏剧，不仅在概念上，而且在内涵上也有着明显的断裂，唯有散文，与古典散文一脉相承，在审美经验和审美意趣上，保持了与中国古典散文的延续性和一致性。散文是四大文体中，唯一没有中断传统的文体，虽然现代散文以白话文取代了文言文，但与古典散文相比较你会发现，它的审美要素并没有改变——现代散文对气息、气韵的要求，对深远意境的追求，对简阔美学的偏好，都属于古典散文的范畴。中国的文学传统，最早来源于文章传统——中国古代，是文史哲不分家的大文学传统，无论是老庄、孔孟还是《左传》、《史记》，提供的都是深远简净的审美意象，追求的都是一种沧桑和辽阔。

这就是为什么我说散文是一种"挂霜"的文体——散文天生需要凝结、需要沉淀、需要提炼，需要结"霜花"，需要有"秋气"。所谓"秋水文章不染尘"，说的就是散文。它与诗歌正好处于人生的两端：如果说诗歌是少年，可以热泪滂沱，可以热血澎湃；散文则仿佛是人到中年，有了感触，有了历练，除尽了浮丽和火气，"满目绚烂"都"归于平淡"了。散文不但不再需要激情，它甚至也不再需要抒情，在中国的文章传统中，散文从来就不承载"抒情"的功能，此所以苏轼《后赤壁赋》"江流有声，断岸千尺；山高月小，水落石出"融情于景；归有光《项脊轩志》"庭有枇杷树，吾妻死之年所手植也，今已亭亭如盖矣"寓情于物，就是这个道理。

散文的现代性，直到近几年才趋于实现——新散文以其持之以恒的文体探索和多向度的精神追求，进行着一场叙事革命。新散文作家在整体上呈现出的开放姿态、先锋意识和创新精神，丝毫也不比诗人和小说家逊色。非线性、共时态、大信息、快节奏，是新散文在文本上的整体呈现，通过自身的艺术实践，新散文作家们完成了对散文传统审美的突破。

这之后才有所谓的"现代散文"，而前此很多年、很多人，虽然使用白话写作，但本质上仍然是古典散文——追求清劲、阔远,讲究意味悠长、气韵生动。读一读孙犁、汪曾祺的散文,杨绛、黄裳的散文,甚至杨朔、秦牧的散文,就知道他们如何在文字与审美上,完整地承接了中国古老的文脉。我的散文当然也属于这一类散文——与周晓枫为代表的"新生代散文"肆意穿行于感觉与冥想之间,文字中充满了对"传统范本"的挑衅和背叛,属于截然不同的审美范畴。所以我所谓的"散文是一种挂霜的文体",也仅仅表达了我对传统散文的个人化理解,新散文文本中,不是已经有"语瀑"出现了吗?

顺便说一句:多年来散文领域奉为"金科玉律"的所谓"形散神不散",其实是一个伪命题。

二〇一六年二月四日于匡南

辑　四

《清明》卷前

一九九六年第一期

时间已经进入二十世纪的最后五年,商业文化的冲击力依然迅猛,文学正日益走向世俗化。迫于社会生活本身的变异和跌宕,一九九六年,我们仍将强调文学的使命感和道德重建功能,但我们并不回避急遽变化的文化现实,尤其不回避纷扰而鲜活的俗世生活。我们将以对现实的关切、认同和批判,获得市场经济文化语境下新的自信。

本期发表的《扶贫》和《散户》,都很值得一读。对于《扶贫》的作者谢志斌,读者诸君和我们一样,大约都感到陌生,但他对我国政治体制和经济文化形态中存在着种种弊端的本质性揭露,却不可小觑。《散户》是一篇股市题材,真实地再现了在变幻莫测的证券市场搏击的各类人物复杂的心态,透露出金钱压迫下的悲哀。吴金田的《沪上人家》,叙述了正在进行的经济改革和日益现代化的都市生活给普通人带来的侵扰,也有一点淡淡的怀旧的味道。写实的力度,是这几篇作品共同的追求。尤其值得一提的是《扶贫》,文本具有强烈的写实意味。生活呈示鲜活生动,但也不乏对现实的整体性把握。《红蝴蝶》则完全是一种诗性的描绘,它美丽的人性和意象,对人类困乏的心灵来说,也许是一处可栖的绿枝。

本期推出的短篇小说,也各具特色。《脚印》的作者以女性特有的敏感和细腻,体味人生的别样痛苦,对婚外恋题材,显然有超出简单的道德判断之外的思考。我们还发表了青年作家宋明好的《八月桂花》,他对"少年心事"的描述,清新如泥土。而且,发表这篇小说的意义还在于,《清明》对于来自基层的作者的一如既往的关注。

一九九六年第二期

亲爱的读者,当这期《清明》送到你手中的时候,中华大地正是清明时节。"清明时节雨纷纷,路上行人欲断魂",无限江山,又是唐诗宋词里永恒的杏花春雨江南。季节在这些美丽的诗句中温馨,但我们仍然不得不捧给你一件残酷的《诗案》。沙黑所讲述的这个"文字狱"的故事,并不注重狱案本身,而是对起于青萍之末的私产之争,作了相当的渲染。从本质上说,是"非善粪"的乡民蔡嘉树和乾隆一起,制造了这起震惊朝野、死人无算的"诗案"。

在这里，对卑劣人性的鞭挞，远远超过对残酷政治的揭露。蔡其康的《杀无罪》，读来委婉平和，谁也想不到，它最终会向着一个自卫杀人的方向发展。从美丽的"鸽子"戎雁儿身上，我们看到易受诱惑的天性和善良的本性在女人身上并存，并时时冲突矛盾；而"放鸽子"的忻云飞，集大淫大恶于一身，却眉清目秀，对女人善于体贴俯就，形象复杂而逼真。赵秀林在一九九四年，曾在我刊发表过中篇小说《残棋》，以其对宦海沉浮的真实描述，引起读者的关注，本期的《正月十五闹元宵》，仍然是日常政务题材，从中，我们可以看到作者对政治生活中许多非正常现象的深入剖析和思考。

短篇小说中，我们要向读者朋友推荐江西青年农民李光明的《苦乐人家》，中国普通农民的甘苦酸甜，也许只有他们自己才能如此细腻地表现。这位农民作者忧伤而美丽的笔触，让人感动。另外，郭翠华的散文《文人四唱》，也很耐读。这是一位文人对她同类心灵的抚摸或窥探，思绪幽深，文笔静雅，流露出大变革时期文化人内心的寂寞。

一九九六年第三期

本刊去年第四期发表的李肇正的《女工》，曾在社会上引起强烈反响和广泛关注，本期，我们又以头条位置推出他的中篇小说《秦小姐》，依然是女性题材。出身低微的秦小姐以她惊人的美丽和聪慧，赢得了投资港商周贤达的心，然而，在婚姻的角逐中，秦小姐最终还是败在居住于"红楼"的市长千金冯漪的脚下。黑街和红楼，横亘着一道难以逾越的鸿沟，现实生活中的这类悲剧，颇值得读者玩味。蒋法武的《闭路电视》，虽然写的是机关生活的老题材，但写出了新意。围绕安装闭路电视的过程，几个人物各显神通，机关算尽，结果却是两败俱伤。作品娓娓道来，人情世态跃然纸上；而结尾的出其不意，更是令人感慨不已。《你不知道我是谁》中的萧芳，是一个现代意义的女强人形象，事业小有成功，官场一时得意，家庭生活却一塌糊涂。官场之争、情场之争、商场之争，都日趋尖锐而激烈，这就是现代人所面临的生存痛苦。

老作家彭拜，一生坎坷，这使他的散文有一种挥之不去的苍凉。本期发表的《大成至圣先师》，是老人对他少年时期几位师长的记忆，师生情义，照亮了漫漫岁月。

一九九六年第四期

东北作家刁斗，最近在文坛颇为活跃，他的关于女性题材的系列，已经引起人们的注意。《痛哭一晚》所倾诉的，仍然是他对于母性和爱情的复杂感受。刁斗一向以先锋著称，此篇除在语言上保持了先锋语感外，同时注重可读性，把两个生死相隔二十年的恋人之间的情感纠葛，写得缠绵悱恻。一唱又三叹的语体和复调式结构，构成这篇小说委婉沉郁的审美风格。和军校的《老那》，则重在表现人物性格的多面性和复杂性，在塑造农村基层干部的形象上，又有新突破。这是一个让人感动的人物，在工作中虽屡屡声东击西、斗心斗智，有权谋，然观其人其行，却有大美，有至善。而且关中方言的对话，又是那样味道醇厚，让你不时击掌。《老街上的青苹果》，写了一个老派人物，在商风日炽的老街上，陈恕宽的温良和仁义，显得多么迂阔落伍，却又好比一枚青苹果，使人回味绵长。世事如烟，岁月静好，祝福陈恕宽。

薛峰的《假面舞会》，是一篇真正意义的都市题材，描写现代人类灵魂的蜕变，深刻而荒诞。失去人性的人和失去狗性的狗，最后遭遇于假面舞会，这个极具象征意味的结局，不能不引起人类的警惕。

一九九六年第五期

读者朋友，这一期我们发表了作家李本深的作品小辑，其中《张八九》一篇，值得向您特别推荐。马夫出身的张八九，由于其自身的先天不足和局限，战争不仅没有洗去他身上的弱点，反而使他有了向善良和正直讨价还价的本钱。这一人物，当然不具有代表性，但在个性的塑造上，极有创意，而作品中细节的运用，又尤其富有典型意义。

吴金田的《浮生》，写宦海波澜、官场争斗，也曲折可读。赵、钱、孙、李四位局长，各费尽心机，却又胜负成败难料，读后让人不能不生出一丝浮生如梦的倦怠。《主旋律》中的电视台新闻部主任鲁洪平，则遭遇空前的无措与烦恼，仕途与良知，政治与道德，每每相互纠缠而抵牾，陷鲁洪平于无所适从的两难境地。作品对生活尤其是政治复杂性的揭示，是十分耐人寻味的。

曹多勇的《庄稼地长出煤事》，写淮南大河湾的风土人情，文风活泼生动，几个人物也都朴拙谐趣。此外，黄达利的《海南梦醒》，也很值得一读，作者以复杂的心态，急促而嘈杂的语感，写出自己对海南这片畸形而高速发展起来的经济土壤的真实感受，在新生、诱惑、机会和成功之外，还有对与此共生的贪婪和掠夺产生的深深不安和思虑。

一九九六年第六期

在新近涌起的被文学评论界称之为"现实主义冲击波"的文学潮头中，向以贴近生活、注重发表富有批判精神的现实主义作品为传统的我刊，本期又重点推出了《天地阴阳》和《学会握手》两部写实主义力作。《天地阴阳》的作者沙黑，曾在今年第二期上，以一段千古奇冤的《诗案》，还"清官"刘墉以真实面目，在举国称颂的《宰相刘罗锅》热中，大作了一回翻案文章。他对现实题材的处理，同样厚重有力。处在历史转型期的中国经济，在乡镇出现了一种令人骇异的现象，那就是承包者个人对集体的侵蚀。因此你也不要小看了"小书记李华兴"，虽然刚刚涉足经济暗潮，也无措，也惶恐，但他既能从不会握手到"学会握手"，也就必能在未来的乡村经济中如马大明似的一展身手。国家资产流失已经成为当前经济改革中一个不容回避的带有普遍性的事实。如此说来，孙建成的《城市岁月》中流淌着的那些乡村意象，是早已不存在了，他对农民进入城市的伤感而悲凉的咀嚼，也只能是一次精神还乡。而且你看就是佛门净土的"月身寺"，不是也一样抵御不住喧嚣市尘的侵扰吗？五十年晨钟暮鼓、青灯古寺，都将和不二和尚一起，在冲天大火中化为灰烬。庄严《伽蓝》和焚身的不二，或者已经成为这个世纪的最后一道风景。

本期"世事写真"栏目中，我们要向读者朋友们推荐的，是江苏作者徐一清的《酒量、桃花与白狐》。文章涉笔娴雅，而用意良深，知识、见解、气度、襟抱俱在其间，而且叙述有齐气，也不乏名句，比如：只有俗人，没有俗花。

一九九七年第一期

亲爱的读者朋友，新年伊始，本刊同仁首先向您致以良好的祝愿，并希望在新的一年里，与我们继续同行。

在这样新春的气氛里捧读《沙葬》,您也许会感到沉重。粗粝苦旱的生存境遇,有时会淹没人性中的美好与善良,而即使是一念私欲,也能铸成人间大错误,留下人生大悔恨。而且这个关于养女和养父的心灵故事,似乎还包含着更为复杂难言的人伦和道德的内容,不要说沙葬于大漠之中的马二,就是清醒如我们,恐怕也无法窥破这人性深处的隐情。南翔的《红颜》,看起来是在重复一个千年不变的红颜薄命的主题,实质上隐含着相当深刻的历史尤其是文化批判的内蕴。韦晓光是我们熟悉的作者,读者朋友当还能记得他发表于本刊的《乡长老田》和《村办厂》,这次的《典型事件》一如既往,表现了作者在驾驭日常政务题材上的独特才能和深刻性。

这期的短篇也很可读。孙自鸣的《黄土高坡》,写伤残人敏感而幽闭的心态,有让人不忍的苦涩。值得向您特别推荐的,还有洪放的《大柴旦午餐》,那以散文一般优美的笔触展开的,是一种生命的自由和开阔。

今年是我国政府对香港恢复行使主权的历史年份,本刊举办了"香港回归祖国"征文活动。本期推出的潘小平的《百年心事》,重温与租借香港的三个不平等条约有关的民族屈辱史,如铁史笔,沉痛剀切,有激扬的民族血性,更有对历史的反思,也很值得一读。

一九九七年第二期

亲爱的读者,本期重点推出的王鲁平的长篇《朋友再见》,是一篇在叙事上颇类于"何顿话语"的新市民小说。一个从"文革"延续而来的故事,几个在"文革"后成长起来的人物,赋予商海弄潮的现实人生以更加阔大深刻的政治背景,也使之具有了更为老熟的历史穿透力。发生在"炮校大院"里的周、黎、龚三家两代人之间的恩怨情仇,绵延近三十年之久,曲折跌宕,凄婉惨烈,读来让人触目惊心。"可读性"是这部长篇重要的叙事追求,你不难看到,在对人性和命运的锐利如刃的剖析中,它还同时拥有一份在商业文化语境下独特的文体自信。

社会正走向开放,改革正走向深入,经济形态的改变,正以不易察觉的方式影响和改变着社会的意识形态和政治关系。因此对于《栗坡纪事》中的板栗大户李冬生,你万万不可把他仅仅看作是一个暴富起来的农民。他那近于赤裸裸的"我现在的最大愿望,是到组织里面来"的表白,实际上代表了个别迅速致富而又素质低下的个体经营者,在经济地位上升之后随之膨胀起来的政治野心。这很值得警惕。在基层的一些地方,经济对政治的腐蚀已是无孔不入,这就使栗坡老党员吴支书在李冬生入党问题上的坚决抵制,不仅带有一种撼人的悲剧力量,更升腾起一股浩然的人间正气。

这期散文，我们编发了"女作者专号"，作为对"三八"国际妇女节的献礼。女性无微不至的细腻和柔情，让你领略另一番风采，而其中也不乏不让须眉的大气，如胡迟的《徽州三题》。

一九九七年第三期

曾在本刊发表《女工》引起强烈社会反响和文坛关注的上海作家李肇正，这一期又为我们奉献了工厂改革题材的中篇小说《兼并》。兼并，这是社会转型期经济生活中最敏感、最残酷，也是最富有冲突性的现实，对于被兼并企业来说，既无可奈何，又绝处逢生。与工厂铜牌共存亡的厂长老高、永不言败的副厂长唐浩，在抗拒兼并的过程中所作出的种种努力和挣扎，不乏悲壮甚至崇高的色彩，在鱼死网破的绝望中，透露出希望的力量，人性的美丽。而围绕兼并交织起来的复杂的现实关系，因利益调整而牵动的矛盾心态，则蕴含着更为丰富深刻的社会内容。藏族作者才旦的《最后的处女地》，为我们揭示了一段鲜为人知的高原垦荒史，在一面是湍急咆哮的黄河，三面为千丈危崖的绝地麻拉滩，几百名垦荒汉子和一名女扮男装的藏族女子，在经历了几个月的饥饿劳作、欲望煎熬、爱恨情仇之后，无一例外地惨死在马家军的枪弹之下。拂去岁月的烟尘,我们看见,河滩上白骨森森,生命以一种骇人听闻的方式,诉说和呈示那段早已湮没的历史。

著名作家鲁彦周的长篇力作《双凤楼纪事》即将出版,在这部四十万字的长篇中,作者充分显示了设置矛盾、结构故事的圆熟深厚的艺术功力,读来纵横开阖,起伏跌宕,让人顿生宝刀不老之慨。本刊选载了其中八章,以飨读者。报告文学作者高正文在搏击商海多年之后,重返他熟悉的法制文学领域,大特写《狂飙——'96"严打"纪实》,还是他一贯的文风,大气磅礴,惊心动魄。

一九九七年第四期

风风雨雨,《清明》一百期了!

十八年如金岁月,就这样过去,而此刻,北方和南方,有多少人念着你呢,《清明》。回首来路,我们有过辉煌与鲜花,也有过困惑与荆棘,然而有读者与我们同歌同行,跋涉便不倦了,即使在那些最艰难的日子里,我们的心和读者的心,也一直靠得很近很近。

我们正处在一个伟大变革的时代,一切都在改变,我们时时困窘而矛盾。但"父亲"仍然像大山一般屹立,岁月侵蚀,风雨驳刷,岿然不动。孙志保的《父亲是座山》,为我们塑造了一个一身正气的老共产党员的形象,他曾经有过叱咤风云的戎马生涯,和他正在经历的衰颓老病的凄凉晚境，都不能磨灭他的铮铮人格和不屈意志，读来壮怀激烈，百感丛生。青山不老，绿水长流，訇然倒下的，是父亲的身躯，而永远不倒的，是革命者的精神。

晓剑的社会环保系列小说，为我们展示了红土高原的又一生活层面，从另一角度，给人类以警醒。地球一天天变暖，河流一天天干涸，森林消失，绿洲沙化，物种以前所未有的速度减少、灭绝……人类正用自己的双手，破坏和掳夺着地球。生存意识和生命意识，以如此焦灼而惨烈的方式凸现，让人触目惊心。

本期要向大家特别推荐的，还有青年作者刘红焰的《一天到晚游泳的鱼》，作者以这一命题，来注释他们这一代人的生活。"一天到晚游泳的鱼"，这不仅是一种思想状态，更是一种生命状态，这样融哲思于叙事，现在的青年人，真是了不得。

一九九七年第五期

读者朋友，当你打开这期《清明》的时候，你会发现，某团电影组长吴水生，因为女人，犯下了一个美丽的错误。

那是大西北的寒冬，天空忽然飘起小雪，雄浑苍莽的荒原上一片模糊。步兵四一八团的几个战士，就是在这样的背景上展开他们辉煌的军官梦，为此，犯下一些美丽的和不美丽的错误。

这些守望西北的战士们,做梦也想不到,在遥远而炎热的深圳,女人们正面临另一种挑战。

是的,一种挑战,因为经济腾飞初期的道德混乱,因为大批少女涌入而造成的男女比例失调,因为潜在的性商品市场的出现,特区已婚妇女几乎跌入无人问津的深谷。这是女人作为整体所受到的性漠视和性抛弃,一个让全社会都触目惊心的"跌停板"。

这一期,我们还编发了江苏作家潘浩泉的长篇小说《世纪黄昏》,透过手记体刀刃一般剖入的心灵直白,我们感到的是处于经济转型期的知识分子灵魂无枝可栖的痛苦。在一个声色的时代里,一个充满欲望的时代里,小说家冯天一是那样的无奈、疲倦、随波逐流。在这里,潘浩泉或是冯天一,诉说了一个类似于《废都》的心灵故事,试图以肉体的自污和自毁,来摆脱灵魂的战栗和痛苦。

还是学一学王世衡,"读大块文章"吧,山水大象,涤荡襟抱,会让你重新获得开阔的胸怀,自由从容的人生。

一九九七年第六期

读者朋友,想来您还记得两年前韩天航发表于本刊的《回沪记》,由于生存空间的狭窄,新疆知青的回沪生涯充满了冷漠、挤压和窘迫。而发表于本期的《棚户纪事》,则可以看作是它的继续,只是作者所着力展示的,已不再是沪上里弄文明对外来的"返城者"的排斥,而是扑身于商业浪潮之中的"返城者"自身灵魂的蜕变了。

这是一个大转型、大过渡的时期,尤其是上海这样的商业大都市,更是处在社会动荡和发展的中心。如今的人们,追求平安富足的好日子,在走向世俗的同时,愈来愈远离精神的上帝。因此我们已经很难对阿祥返沪后的变化以及与之相关的一切,做出截然的道德批判,我们只能说这就是生活,这就是今日的都市人真实的生活处境和精神处境。

看来较为单纯些的,还是胡三的状态,除了吃饭睡觉,就是"写材料",而胡三的吃和睡,则又是为了把"材料"写得更好。这是一种小人物的平凡日子,连他自己都深知,这份秘书职业,在物欲横流的时代,是多么的微不足道。然而就在这样的琐屑和不谐中,我们还是感受到了诗意,感受到"认真活着",是多么美好。

聂鑫森的《古城人物》,是真正的短篇架构,力透纸背的人物刻画,给人以久违了的短篇叙事的力度和美感。这是几个有些怪异的小人物,身处生活主流之外,在社会的变迁中,更有常人所无法体味的坚忍、酸涩和无奈。

一九九八年第一期

新年伊始,告诉读者朋友们一个好消息,在第二届华东地区优秀期刊评选中，本刊再次荣获"华东地区优秀期刊奖"，这对《清明》的编辑以及关心《清明》的读者来说，无疑是值得欣慰的。

本期我们要向大家推荐的是女作家竹林的《净土在人间》，这篇大特写向我们展示了一种无与伦比的庄严、圣洁和美丽，展示了古老佛教是怎样在平凡、琐碎的世俗生活中，散发出单纯而朴素的人性的光辉。世纪末的人情世态，充满着变异和动荡，功利主义、享乐主义泛滥如潮，侵蚀着现代人的心灵。而台湾证严法师却在这物欲横流的世界里，一粒一粒播下善的种子，让遁世的宗教光大为入世的爱心。一九九一年夏华东地区遭遇百年不遇的水灾，法师创立的佛教慈济功德会曾向大陆捐助三亿元人民币，使无数灾民重新获得快乐和勇气。

黄华的《最后的燃烧》，是唱给人类灵魂工程师的一曲赞歌，在纷乱如草的现实困境中，身患绝症的中学教师高人杰，以超世俗价值的寻求，完善着自己短暂而缺憾的人生。赵秀林的《私仇》，也很好读而且耐读，透过这个恩怨情仇交织的故事，我们看到了潜存于我们民族心理深处的某种怨毒和愚昧。

潘浩泉的长篇小说《世纪黄昏》在本刊发表后，在读者中引起强烈反响，为此我们以笔谈《世纪黄昏》为题，编发了四篇文章，以期引起更深入的探讨。

一九九八年第二期

读者朋友,当你打开这期《清明》时,相信凡一平的中篇小说《卧底》会给你足够的惊讶。这不仅仅是由于一系列悬念、铺垫、险象环生和波诡云谲所构成的阅读吸引,更在于一个古老的卧底框架中,包含的现代反腐败主题给我们带来的警觉和沉重。政以贿成,贿以政行,在柳县县委书记田正中那里,得到了最完整也是最残酷的表现,让善良的人们不敢相信,也不愿相信。这是一条典型的政治蠹虫,在我们党内,虽只是极个别人,但对党和政权的侵害却非常严重。也因此,我们更加感到现阶段党内反腐的必要性和迫切性。

去年,由季宇编剧的二十集电视连续剧《徽商》播出后,引起广泛好评,而他的同一题材的长篇小说《徽商》,较之于电视剧,则更阔大、更丰厚,也更富有历史和文化的内蕴。在这里,我们选载了前五章,以飨读者。徽商是一段值得关注和反省的历史,一种独特的文化背景下短暂辉煌的经济现象。季宇以他笔力遒劲、文思细腻的小说,真实而鲜活地再现了这段历史中的情境和人物,表现出一种极具现代性的历史批判眼光。

今年以来,一向以重大题材、写实力度为追求的《清明》,开始对青年精神题材方面的作品有所关注,徐泽的

《一段路程》和陈离的《逃亡季节》,均描写现代青年男女漂泊无定的生活和心态,世俗风情,都市况味,读来颇令人感慨。

一九九八年第三期

读了本期《清明》,您或许能够感到题材和审美上所起的变化。这当然首先是由李肇正的《至情》所带来的感受,因为他此前发表的引起广泛关注的《女工》,是以题材的现实性和矛盾的尖锐性而脍炙人口。但在《至情》中,沉重的不再是生活,而是心灵。一种远离现实沉重的情愫,一种对世事沉浮、家园失落的茫然无措的意绪,改变着作者的文风,也显示出他作为一个优秀小说家的诗性特质。

一首歌里唱道:"这世界变化快,让人多无奈",我们的生活瞬息万变,追求泥土和阳光的人类天性,正无可奈何地从现实人生中被弱化,虽然《操作》中的老桂,也如李肇正笔下重返都市的老知青一样,有着两个女人,代表着现代和古典、理性和浪漫两个不同的世界,男人们却没有上一代人的至情了,因为对于老桂,操作已经成为一种命运。在一个程序化的时代里,一切都趋于程序,包括爱情和性。而且文本弥漫着紧张而享乐的气息,即使仅仅叙事上,我们也能强烈感受到这一代人所持的截然不同的文化态度和对传统价值判断的否定。

本期编发的几个短篇,也各有特色。《偿还》涉及人类重要的精神本能,《太阳的语言》则极富抽象的、寓言的特征。久已没有人能在叙事中挟带丰厚的地域文化特质了,所以读了《大旱望云霓》,对它充满意趣和特色的鄂西山地方言,您会感到新鲜和生动。

一九九八年第四期

自新时期以来,现实主义始终是《清明》的一面旗帜。本期的头条《彩欲》,是我们重点推出的又一部充盈着现实主义批判精神的中篇力作,它所着力展示的,是由于社会转型而产生的痛苦震荡和众多矛盾。政府官员和科技人员在引进外国设备中的受贿与堕落,是近年来的社会小说所屡屡触及的一个层面。而《彩欲》的不同之处却在于,在表现干部个人品质于政治腐败中一步步蜕化萎缩的同时,更注重表现他们灵魂的挣扎,挖掘他们未泯的良知。三平县主管工业的副县长吴政荣之疯,总工郑泽祺之死,是以骇异的方式显示我们民族精神深处涤荡邪恶、完善自我的活力,让我们深深感动。

相南翔的《德宝其人》是一篇以特区生活为背景的都市风情小说,商业与情爱,构成这类小说的主体话语系统。在中国文学陌生的城市语境下,杂乱浮嚣的商战生涯和冒险多变的情爱故事一一展开,以独特的视角,阐释着德宝其人在灯红酒绿的特区所坚守的古老生存法则。中国正面临三千年未有之大变局,这样的时候,特别需要一种精神,一种对"道"的坚守。

一九九八年第五期

亲爱的读者,读了本期头条《为谁而泣》,我们也许会陷入一种很无奈的心境。北京军营中小有成就的青年作家穆丁旺,在遭遇了媚眼如丝风情万态的现代女性楚后,就再也无法忍受农村妻子菊了,尽管在他返乡离婚的过程中,也有愧疚,有矛盾,有残月斜照下的硝土岗上的泪水,但我们仍然能够感到,比这一切都更真实而强烈的,是离婚的决心和对土地以及自己农民出身的厌弃。在这个传统的遗弃故事中,我们看到,人物的良心自责和作者的道德批判都正在减弱,而代之而起的,是对市场经济所孕育出的某些价值观念的肯定。

这就是九十年代的文学所面临的现状。这是一个物质的时代,一切个人的欲望都膨胀并且堂而皇之地袒露,随之产生的种种利益冲突和社会矛盾,也让习惯于宏大叙事和道义承担的中国作家们措手不及。如果将本期发表的几个中篇,叶向阳的《衣锦还乡》和王松的《鹧鸪飞》结合起来看,你就会更加强烈地感觉到,世俗趣味和市民价值,正日益成为当前文学审美的主要对象。

然而此刻也还有人如陈原,在都市的喧嚣中"怀念水车"。这是一曲忧伤的挽歌,读后能唤起人心底深处一种相当复杂而失落的意绪。水车曾是昨日的土地上一道多么美丽的风景啊,今天,我们不仅失去了美丽的水车,而且正在失去对温热土地的记忆。

一九九八年第六期

孙志保是我们熟悉的作者,几年前,他的引起文坛关注的中篇小说《黑白道》,最初就是在《清明》上推出的,这以后,他的创作,一发而不可收。在本期头条《温柔一刀》中,曾经作过辉煌的九段之梦的围棋天才小五再次出现,但世事发生了多么大的变化啊,我们再见到的,已经是一个英雄末路的小五了。在这个日益商品化、都市化的时代里,一切都被导入或正被导入商业生产和消费的轨道,无论是文学、艺术、教育、科学,当然也包括围棋。这是连徒弟林子这样的中学生都懂得的道理,你小五又怎么能不处处碰壁呢?天道与棋道,人情与世情,在作者的笔下,就这么一点一点真实而残酷地展开,如同温柔一刀,深深扎进小五灰暗而孤寂的内心。

确实,在我们走向市场经济的历史过程中,存在着各种各样的困惑与矛盾,比如佛冈县县长麦道仁,此刻就站在了一个十字路口。历来升官之道,在于太平,所以麦道仁搞的这次"县乡行动",不仅遭到县委书记钟鼎民的反对,而且五大班子成员也几乎无一例外地认为是引火烧身。这些年来,官场上讲做官的多了,讲做事的少了,这就使得麦道仁手拎乌纱修公路的冒险之举,有一种杀身成仁的悲壮,也多少让我们感到震动。

这期的短篇,也都很有内涵。《与空气玩游戏》的情节,颇有不可思议之处,但其深长的意味,也正在这里。发生在女主人公身上荒悖得完全不合情理的外遇,是她对世俗红尘的一次下意识反抗,由此,这个女人获得了一种心灵的飞升。

一九九九年第一期

亲爱的读者,当这一期《清明》送到您手上的时候,新年的钟声或许还在耳际回荡。辞旧迎新,心潮澎湃,我们谨向《清明》的新老读者表示良好的祝愿,让我们携手跨过世纪之交,风雨同舟,迈向未来。

生活在上海屋檐下的李肇正君,也请您接受本刊编辑部的祝福。从一九九三年的《浩劫》开始,到本期头条《扭曲》,李肇正和《清明》一直是相互信任和支持。今天,越来越多的作家,欢欣鼓舞于世俗欲望的展示,而李肇正仍然把自己和自己的创作,置于历史和时代的重压之下,力图保持一种精神的高度。所以读了《扭曲》,我们才会心情沉重。被人类歌颂了多少个世纪的伟大母爱，在返城就读的知青子女亮亮这里被扭曲了，有灯红酒绿十里洋场的都市生活做衬底，家贫和母丑，都成为亮亮无法忍受的耻辱。作者在这里展现给我们的，还不仅仅是《女工》那样的生活磨难，或是市场经济法则向社会生活的各个层面渗透时所带来的混乱，而是人类母子天性的退化，和一代人心灵的粗糙和冷酷。这使得这部小说，跨越生活及命运，上升为一个拯救的主题。

白族作者丁世婷的《火把节的故事》，写的也是几个少年，但你看在异族明亮的阳光下，他们的心境是多么纯净和天真。这是作者的处女作，所选取的少年视角，朦胧而鲜活，完整地呈示出一种迥异于汉民族的文化形态。

一九九九年第二期

读者朋友，相信你会喜欢本期头条《黄河湾的故事》。进入新时期以来，随着整个国家从计划经济向市场经济的转型，广大农村和农民，不可避免地卷入了商品化的洪流。乡村中原有的生活格局和生产关系正在改变，一些古老的道德准则，也正面临着冲击和考验。中国是一个农业大国，曾有过辉煌的农业文明的历史，正是在这样一个广阔的背景之上，这个发生在黄河湾里的一个女人和四个男人的故事，才有了非同一般的意义。

经过这几年的冲撞、汰洗和整合,文学的生产和消费,也逐渐形成了自己的市场逻辑,"写好看的小说",终于成为今年小说一个共同的主题。如徐贵祥的《预约晚餐》,就写得峰回路转,一波三折,十分好看。我们不得不承认,现实的功利需求越来越成为支配人们社会行为的最普遍的动机,因此我们美丽的女硕士赵越,才不得不取消她与上尉毫无利益驱动的预约晚餐。赵越与《譬如朝露》中的另一知识女性朝露,同属于现代都市生活中的"新族类",她们青春、美丽、勇敢而聪慧,在商场和情场履险如夷,攻无不克、战无不胜,她们正在成为我们文学中一道色彩斑斓的风景线。

短篇头条《被告》,是我们从自然来稿中选出,原稿上还有不少错别字。但作者对生活的描述却是那样的动情,你甚至能感到土地的温热。一种古来被称作"仁"和"义"的东西,在作者尚不成熟的叙事中闪光,照亮了农人们暗淡而琐碎的生活。再读一读唐镇的《寻常百姓》,你会感叹,在中国的普通百姓身上,原来有着这么多的美德!

一九九九年第三期

读者朋友,相信你在阅读林希的中篇《天津老鸫儿》的时候,也一定会像我们一样,笑得流出泪来,但林希津味小说的魅力,似乎还不仅仅在于这种天津老故事、过往旧人物的栩栩如生的展现,而在于叙事中渗透的诙谐与机智。穿行于历史夹缝中的林希老先生,总是不时地回过头来,对我们生活的当下做一点讽喻性的观照,赋予这个老题材以现代视角。站在黄老鸢儿这样的升斗小民的角度,你尤其能感受到社会的无序、无德和无道。

笑出泪来的也是泪,因此林希先生的幽默,当是一种灰色幽默。

黄复彩的《肉身》,写了一个佛界的故事,却始终纠缠着俗世的悲欢离合。值得一提的还有《草儿的村落》,随着经济的发展、国道的开通,有多少村落消失了?有多少草儿一般的乡村少女堕落了?在作者充满诗意的挽歌一般的咏叹中,我们渐渐被一种深广的忧伤所淹没。

本期我们还编发了一个"女作者小辑"。即为同是出生于五十年代的女性,以古典的气质和温婉的笔致,为我们陈述了属于她们自己的时代和感情。理想主义的余晖,在这最后的时光里照耀,而奔赴世俗的潮流,却在她们的身后一浪高过一浪了。因此从这个意义上说,她们的诉说,或许预示着一代人审美的终结。

二〇〇〇年第一期

读者朋友,在紧张而繁忙的编校工作中,编辑部同仁度过了二十世纪的最后几天。当第一期《清明》送到你手中的时候,新世纪的春风已经扑面而来。二十一世纪的开端是龙年,因此在西方,二十一世纪被称为"龙的世纪",它将预示着一个前所未有的崛起。读一读本期头条《博爱街三号》,你也许感到更多的东西。"文革"前那些贫穷而朴素的日子,"文革"中那些暴力与混乱的局面,仿佛就在昨天,为我们正在进行的这场改革,构织出一个庞大而复杂的历史背景。我们庆幸,因为在这个世界上,有权做出改革选择的国家并不多,而我们的祖国,在二十世纪的最后二十年,抓住了机遇。唐镇的文笔,特别适于描写底层,描写底层的生活和人民。正是底层的坚忍与善良,正直与博爱,给了我们这个古老的民族以改革的勇气和光明的前景。

史生荣的《空缺》写的是一场权利场上的角逐。为了一个乡党委书记职位的空缺,几乎所有的乡镇干部都紧急运作起来。党性和人性,一起面临考验。我们看到,权力欲是那样可怕地腐蚀着某些干部的灵魂,侵害着基层政权,因此改革任重而道远。

这期"信马由缰"栏目,我们编发了赵昂的《思想的泡沫》,在一个喧嚣的话语圈下,我们仍然感到,思想者们对社会的批判和关怀。

二〇〇〇年第二期

读者朋友,请用心读一读方家骏的《最后的饭局》,一篇以沪上寄生生活为内容的小说。在甜糯而略呈忧伤的吴语叙事中,裘蕊萍的一天缓缓展开,种种的从容与铺排,趣味和情调,给人一种隔世的感觉。远远的,隔着花园洋房外的草坪绿树,是日夕万变奔腾闹猛的上海现代生活,一些不经意间传达出的市场经济的信息和观念,将美丽女主人的这场尚未开始的饭局,衬托得越发寥落。细细品味,那里面有着错过一生的失悔。

本期我们重点推出的,还有朋友们熟悉的孙志保,他近年来发表在本刊上的《父爱是座山》和《温柔一刀》,均是能给人深刻印象的好小说。作者钟情的文弱青年林子,在《灰色鸟群》中再次出现,但贫穷以及由此产生的心理失衡,将他的心境彻底毁坏了。你看他心灵的天空,总是有灰色鸟群飞过,而"象征"也第一次在他的作品中出现了。在一个群起争利的时代里,天性静默的林子,还能维持高尚的精神吗?在坚硬的金钱原则下,善良人的心是多么柔弱。一种巨大而缭绕的失落,浸润在叙述之中,显示了作者诗化生活的能力。

在文学的生产和消费中,一种新的体裁秩序已经形成,这其中贯穿的无情的市场逻辑,使短篇小说成为一种相对边缘的文体。这几年，好的短篇已经不多见了。所以《孙大狱纪事》才让我们欣喜。真实的故乡仍然堆积着真实的苦难，在描写北部时，作者的笔一如那块土地，苍凉简劲。其实短篇完全不必也像中篇那样，急于向读者提供故事资源，精粹的结构和简达的语言，才是它更应该追求的。

二〇〇〇年第三期

《瓜田里的郝教授》不失为一个好题目，想来读者朋友也和我们一样，急切地想知道，郝教授他到瓜田里去干什么？

故事开始的时候，是一个疑云密布的凶杀现场，瓜田里死了一个怀孕三个月的女研究生，而到过瓜田的郝教授，又拒不回答到现场的原因。很吸引人，但结果却出人意料。

然而，我们更感兴趣的是它的文本，它有点像一个中国版的《罗生门》。阅读之后，你会惊讶地发现，生活中存在着多种可能性，一个人的一生，也存在着多种可能性。

傅爱毛是一位我们大家都还陌生的作者，构思上的逾出常规和叙事风格的冷峭，都使她不大像一个女性。她的推出，既显示了我们文学大军后继有人，也体现了《清明》始终如一的扶植新人、发掘新作的宗旨。

曹玉林的《太平岁月》展现的是缓慢变化着的农村现实，琐碎而平淡无奇。但从中我们还是感到了底层生活的温情与活力。人们一天天劳作，日子一天天过去，程家坂的太平岁月，不就是几千年来中国农民的缩影吗？

本期值得向你推荐的，还有短篇头条《北方咖啡》，这是一篇很朴素的作品，令人感动的亲情在北方一般平实的叙述中流淌，金钱与亲情的冲突却又时时干扰着人们的内心。在传统农业文明向现代科技文明的过渡中，人们的生活将面临很多混乱，如同现阶段处于无序状态的农村经济。

二〇〇〇年第四期

读者朋友，本期头条《最后一笔提留款》，很值得一读。小说成功地展示了一个基层组织在催交提留款中化解矛盾、消除对抗的能力，营造出一种温和的、同舟共济的乡村语境。我们看到，权力意识在乡村政治中正逐渐淡化，基层组织功能也有所改变，这就是历史转型。对乡村生活的熟悉和极具智慧的叙事，使得这篇小说的对话尤其精彩，人物尤其鲜活，确是一篇好作品。

本期我们还推出了上海作家小辑，在《废墟上的黄色旗》和《恐惧》中，海派小说的日常生活意识和世俗题材传统，都是显而易见的。变幻的城市风情和红尘故事，使它们成为好看的小说，但在好看的背后，我们仍然感到作者的忧思和惶恐：在喧嚣的城市屋顶上，我们还有没有可能树起引领心灵归巢的黄色旗？李肇正写的则是一个小城人物对家的眷守，一种陌生的诗意，开始在他的文本中出现。

读者朋友如果细心，会发现这期的"世事写真"栏目，有了较大的改变。当代生活变得越来越商业化和繁复化，这些都影响到散文的视角和语言。李凯霆的《从梨树看去》是一篇全新角度的战争思考，战争与和平、永恒与不灭这样的大题目，居然都是从一棵梨树看去。而语言本身，也融入了更多的当代性。本期散文的一个共同点，是摒弃了传统散文优雅的带有自恋风格的书写文法，表现出革新语体的热情。

二〇〇〇年第五期

孙志保是大家熟悉的作者，对他前不久刚刚发表于本刊的《灰色鸟群》，我们记忆犹新。这次的《麦子熟了》，讲述的是一个家族人物"二叔"的故事，在浸漫着浓浓亲情的述说中，我们看到一个农民怎样在土地上度过他善良而卑微的一生。虽然描写的是当下生活，但作者并没有去直接反映变革时代农村社会的矛盾与冲突、痛苦与不适，而是触及一些更深层更久远的东西，那是几千年乡村文化沉积下来的民族心理特质，以及由此构成的活力与痼疾。如果把它与李西岳的《人活在世》放在一起看，你会发现，它们对当前小说中甚嚣尘上的世俗化浪潮，都表现出了一定程度的疏离。《人活在世》也是写农民，写作为精神象征的农民父亲生命中闪光的东西。我们终于可以松一口气，因为在消解精神的世俗文本充斥文坛的今天，仍然有人充满了忧患意识，仍然有人以人道主义的立场，关注乡村生活中的人心与天道，关注人的遭遇和命运。

本期"信马由缰"栏目，我们要向大家推荐的，是傅瑛的《走近共姬》。作者以学者的严谨和女性独特的情感视角，带我们走进了一段两千五百年前的历史，走近一个女人痛苦而真实的内心。在激情而又理性的语体背后，我们感受到的不仅仅是一个人文学者对历史的追问，还有一个女人对另一个女人生命的痛惜。

二〇〇〇年第六期

读者朋友，如果你留心，会发现在我们的刊物上，描写都市生活的作品越来越多了。陈志明的《东奔西走》，就是一个在城市语境下展开的故事，一个在新旧分配制度交替尴尬中，一名大学毕业生命运的跌宕沉浮。男人和女人分享着世俗的快乐和体验，伴随着生存竞争、情感背叛、精神困顿和种种无奈的人生选择。总之，很缠绵，很好看，很曲折。阎欣宁的《粮站纪事》，则是一段复苏了的历史记忆，那被岁月掩埋了的政权初期的腐败，携带着特定历史时期的生活气息，惊心动魄而来。但它又是一个和政治无关的故事，是更为深刻也更为广阔的心灵视角和人性视角。

竹林的大特写《爱，为了普度众生》，以纪实的激情和勇气，展现了南通福寿堂十四代传人顾娟女士，在半个世纪的坎坷磨难中，始终如一的悲悯情怀。读来令人感动，而且感慨。刘岸的《从前的桃树和人》，写得相当精粹，它的叙事，对短篇文本的构成，有着别具心得的阐发。

二〇〇三年第一期

读者朋友，在壬午将尽、癸未即临的一月，我们捧给您二〇〇三年第一期《清明》。本期头条胡学文的《荞荞的日子》，写的是乡间赌棍杨来喜的妻子荞荞的故事，在跌宕而曲折的叙事中，有一种意外的平静与柔情。这是因为美丽的荞荞，因为她善良而柔弱的内心。所以看似大权在握的政治流氓薛书记，和强横无赖的赌棍杨来喜一样，在荞荞的面前时常会有一种束手无策的感觉。美好有时也许会被淹没，甚至被毁灭，但它永远存在于荞荞的心灵中，存在于我们日复一日的生活中。本篇提供给我们的另一新鲜的审美经验，是马豁子形象的塑造，他复杂多元反差极大的个性，使他成为小说人物中独特的"这一个"。小说无论怎么变，还是要写人，写人物命运和人物性格。史生荣的《教授今年拿高薪》，继续了他近期以来对高校知识层生存状态和心理真实的关注，在一派杂芜荒谬的现代性话语中，表现出对现行教学体制和科研体制的种种质疑。我们看到，正在经受转型痛苦的教授们，怎样徘徊在道德和良知的门槛，创造他们商业语境下的"新生活"。有一种一切都乱套、一切都找不着北的惶恐，那种高尚高洁谦谦君子的学府风范，再也看不见了。这就是今天无法回避的现实，而我们需要和作者一起思考的是，知识分子如何在奔突而至的经济潮流中，既完成角色、功能和心态的转变，又保持独立的精神和人格。改革正运动在中国社会的结构深处，我们遇到的问题会很多，但我们有勇气也有激情，面对改革中的所有磨难，创造一种理想的真正符合人性的新生活。陈启文的《民意》为我们塑造了一个崭新的知识型乡镇干部的形象，给基层政治生活带来一抹希望的曙光。另外，本期短篇头条《矮树丛》也非常有新意，它空灵的意象和极富诗性的叙事，对于阅读来说，是一种享受。

二〇〇三年第二期

读者朋友，本期特别奉献给大家的，是王跃文的《朝夕之间》。几年前，王跃文以长篇小说《国画》声名鹊起，一夕之间即火遍中国大地，此后一发而不可收，成为官场小说中最具代表性的作家。但他此前的这类作品，多是以揭露深层腐败，展示官场险恶为主题，活跃于其间的政治人物，也多是非正面的形象。而本文新上任的西州地委书记陶凡则不同，他不仅寄托了作者的温情，还承载着作者对一个政府官员的政治操守、个人品格以及知识结构的近乎完美的愿望。所以《朝夕之间》读来才有些淡淡的慨叹，到后来是有些淡淡的悲凉。在一个已经被庸俗化、利益化的权利体系中，陶凡是那样孤独、孤立、格格不入，他的洁身自好和文人气质，在对其他官员形成人格压力的同时，也成为阻碍他自己升迁的绊脚石。马步升的《垃圾时间》，同样是一个官场话题，有着深厚学界背景的农牧厅长康裕如，在即将从政治舞台上退场的"垃圾时间"里，没有能够保持住"革命晚节"。因此从这个意义上说，建立一种文明的政治秩序才刻不容缓。丁力的《寻找巴菲特》也很好读，在它充满城市风情的叙事中，充满了大量的商业陷阱，而对于一夜暴富的股市传奇人物刘益飞，我们目前还无法做出准确的价值判断，只能感受他所提供给我们的完全陌生的生活。

二〇〇三年第三期

读者朋友，本期《清明》我们推出了中篇小说专号。自上个世纪九十年代以来，由于市场的参与，在文学的生产和消费中，形成了一种新的体裁秩序，中篇小说因为能够向大众提供足够的故事资源，而逐步成为小说的主流文体。相信这期中篇小说专号，会给你带来惊喜。

本期头条《最后期限》，是一篇视角新颖的反腐力作，故事从华江爆出惊天大案，纪委定下检举自首的最后期限切入，展开了一个腐败干部炼狱般的生活和痛苦惊悸的内心。重组班子后临危受命的市委副书记黄敬，在人们的眼中是一个清正廉洁的干部，然而只有他内心明白，自己的问题有多么严重。随着最后期限的一天天临近，他的精神开始崩溃，迫于巨大的政治压力和灵魂重负，不得不做出最后的抉择。较之于以前出现的众多腐败官员的形象，这是一个全新的人物；而小说对于腐败的政治环境、生活环境以及人性的思考，更是眼光独具。人性是为人、也是为官的底线，从这个意义上说，《最后期限》为我们展示了一个贪官复杂的人性。李铁是近年来活跃于文坛的青年作家，他的《乔师傅的手艺》、《乡间路上的城市女人》等作品，都产生了较大的影响。此次本刊推出的他的新作《修复一朵花》，相信同样会吸引读者。一个工人家庭的女孩，为了生存傍上了大款，但她并没有因此而泯灭良知，仍然向往真诚美好的爱情。为了给自己深爱着的人一个完整的自我，她修复了处女膜，而结果却那样残酷而出人意料，她的恋人在经济利益面前，再次将她推向大款的怀抱。《原野上的玫瑰花》围绕一家几代人的婚姻和悲苦命运展开故事，表现了男人和女人、生命与生存等沉重而永恒的人生主题。这个时间跨度长、生活容量大的爱情故事，因为曲折、忧伤而娓娓动听。其余的几个中篇，尽管题材不同，风格各异,但都具备很强的可读性和感染力。我们希望读者朋友能够喜欢我们这个中篇专号,并给我们一些支持和建议。

二〇〇三年第四期

读者朋友,当你读到本期头条李肇正的《傻女香香》时,李肇正已经永远离开了我们。李肇正是《清明》的老作者、老朋友,在长达十多年的时间里,和编辑部的同志们建立了深厚的友情。他的第一部中篇小说《浩劫》,是在《清明》上发表;他的成名作《女工》,也是在《清明》上发表。他的作品充满了对改革现实的关注、对底层民众的挚爱、对苦难的同情,因此不管什么时候读到它们,都是那样的打动人心。栖身于城市的危楼之中,以收购废品为生而又一心想成为城市人的傻女香香,让我们再一次感受到了作家的柔情目光,感受到他对一个挣扎于剧烈变革时代怯弱生命的大悲悯。这篇小说继承了李肇正一贯的平实、厚重的风格,同时也显示出了较大的思想空间和艺术突破,预示着作家正一步步走向成熟与深刻。也因此我们对他的英年早逝才万分痛惜。在编辑部发去的唁电中,有"逝者不朽,生者节哀"的话,我们相信,依托这些留下的文字,作家李肇正会获得不朽的生命。

叶向阳的《散落在往事中的故乡》,作为对特殊年代民间生活的文字书写,能够触动人心深处久已淡漠的情感记忆。在温情细节的描述中,我们一点一点感受着南门埠头,感受着它在滔滔乱世中的混乱和龌龊,以及民间生活野草般的生命力。聂鑫森的短篇《反书》,也很值得一读。以古城湘潭为背景,聂鑫森写了一个奇人绝艺系列,通过这个系列,我们深刻领略了"湘人狷傲"的文化个性。现在专门写短篇的作家已经不多了,聂鑫森不愧是短篇灵手,《反书》写得珠圆玉润。另外从本期起,我们新开辟了"当代诗群"栏目,它将成为中国一线诗人展示自我品质的一个重要平台。

二〇〇三年第五期

读者朋友,本期我们奉献给大家的,仍是一个小说专号。《清明》第三期小说专号的热销,使我们对这一样式有了信心,也有了新的认识。随着社会文化环境的变迁,面对二十世纪九十年代以来出现重大转折的社会情境,以及由此形成的新型现实关系,文学写作明显受到信息时代市场经济的冲击和挤压。因此,一方面,我们仍然坚守和确信文学关怀现实生存、守护人文信念的精神原则和价值尊严;另一方面,我们也试图整合和拓展文学的市场空间,探索各种有利于提升文学影响力的途径。毋庸置疑,在今天,市场已经成为文学发展的一个重要因素,而市场的基本法则,是对消费者的尊重。因此小说专号推出的小说,必须遵循"好看"的原则。本期"名家新作"的三位作者,王跃文、陈世旭和石钟山,均是文坛上的当红作家,对当下现实的关注、对生活热点的敏感,使得他们的作品在触及尖锐人性的同时,也具有了某些时尚、畅销的元素。而其余各篇,也无不是从"构筑故事"出发,最后抵达一种生活和情感的真实。其中丁小村的《纪念我的朋友周迅》和陈占敏的《手舞足蹈》,还给我们提供了新鲜的审美经验,在可读的基础上,保持了开阔的想象空间。董立勃的《夜不太黑》,则对人物性格的刻画,对人性的软弱和坚韧,有较为深刻的表达。邵丽是今年以来一位异常活跃的女作家,《人在江湖》的叙事,有一种空灵的品质和女性独具的柔性视角。认为面对大众就可以粗制滥造,是对读者感受力、理解力的蔑视,实际上,喜闻乐见具有巨大的难度。我们希望本期小说专号能够如第三期那样赢得市场、征服读者,同时能够捍卫文学的尊严。

二〇〇三年第六期

读者朋友,读过本期头条王大进的《远方的现实》,你心里会很难过,是那种很心酸的感觉,因为你眼看着一个女人,一个善良、勤劳、美丽的女人,一点一点被毁灭了,就像看着一朵鲜花,瞬间被揉碎了。这是美的毁灭。对于姚美芹,我们无法以现有的社会甚至道德的标准来批判,她不是简单的堕落,她的结局和变化,为我们提出了一个严峻的关于社会公正的话题。

随着改革的深入,"社会公正"被提到一个前所未有的高度,在剧变的时代追求最大的公正,是我们正在进行的一系列改革的出发点,也是我们的最终目标。透过作家有温度的文字,我们知道人心依然美好。而董立勃的《野草乱长》,则触及到了人性的最深处,和丁小村的《哑巴的儿子红树》一样,都是对人的灵魂的拷问、对复杂人性的思考。表面看来,这样的书写远离我们时代的现实与情感,但恰恰是这种远离,保持了想象的空间,具有强劲的审美震撼力和一种对人类精神的洞察。读《远方的现实》和《野草乱长》,你会特别感动,而这,就是文学的力量。

本期的短篇小说,我们推出的是柳营的《两棵树》和《罗紫》,作为女性潮流话语中的一员,她的文字和视角都具备充分的女性特质,注重细节,叙事诗意,有一种挥之不去的柔弱和美好。本期要向你特别推荐的,还有《瓦尔登湖:大地的眸子》。美国国会图书馆把梭罗的《瓦尔登湖》与《圣经》一起列入"塑造读者心灵的二十五本书"之中,所以对于人类来说,瓦尔登湖已经不是一处风景,而是一个心灵的圣地了。

二〇〇四年第一期

读者朋友,本雅明早就说过,商品社会的基本经验是"震惊",对于这个时代的中国人来说,"震惊"显得更尖锐、更全面、更目迷五色、更眼花缭乱。而我们的作家,也在经历了几年的困惑和不适应后,开始回到小说艺术的基本价值,在这个基准上重新考验自己,拓展新的艺术空间。本期头条陈闯的《妹妹别哭》是一篇难得一见的可读性极强的小说,然而曲折的情节、跌宕的故事、尖锐的冲突都还只是它的表面,在这个表层之下,有着对男人和女人、社会和情感、灵魂和道德的更深刻的洞察和描述。在这里,我们眼看着一个好男人如何一点点变坏,一个坏女孩又如何一层层剥落她劣迹斑斑的外衣,袒露出水晶一般美丽透明的心灵。它所呈现的众生世相和精神向度,让我们百感交集。用欲罢不能来形容这篇小说,一点也不过分。我们惊喜地看到,"市场"的理念如何化作一种强劲的叙事力量,在艺术中鲜活。

何申的《乡长丁满贵》是作家写熟了的人物、写熟了的乡镇,因此读来有一种在优势的题材领域中才可能呈现的游刃有余的感觉。在作家的笔下,乡村政治展开了它真实丰饶的一面,虽然目前,农村中还存在着这样那样的问题,还有对立和矛盾,但我们相信,有丁满贵这样的乡长,农民的日子会一天天变好。和这些关注现实的小说相比，文星传的《祁连悲歌》给我们带来的，是对历史的回望，祁连山下，马家军中，曾有一个红军女战士的生命，被无情地淹没了。暴烈的故事，同样昭示出深刻的人性，渲染出难以复述的悲愤和苍凉。

本期我们还编发两篇读书笔记，《河湾》的作者奈保尔和《纳尔齐斯与歌尔德蒙》的作者黑塞，都曾获得过诺贝尔文学奖。在一个充分欲望化的时代里，我们和作者一起阅读大师，感受精神的力量。

二〇〇四年第二期

读者朋友，本期我们郑重向大家推荐的，是彭兴凯的《变色的火光》。纺织厂保卫科消防员乔全宝，年轻的时候曾是一名救火英雄，他以自己奋不顾身的英勇行为，赢得了全厂职工的尊重，赢得了老厂长的目光，并且最终娶了他美丽的女儿。但是这个救火英雄，这个以预警防火为本职工作的消防员，最后却成了一名纵火犯。当他把自己变成一团火焰，扑向堆满棉纱的仓库时，我们感到了一种深入心脾的痛惜，一种灵魂的震颤。这是一个剧变的时代，我们的国家，我们的人民，在面临前所未有的机遇的同时，也遭遇了前所未有的转折、动荡和困难。乔全宝以一种惨烈的方式，向我们提出了一个尖锐而迫切的社会问题，那就是：如何在一个剧变的时代里追求最大的公正，如何在改革中既保持经济的快速增长和社会的稳定，又保持大多数人的利益，尤其是弱势人群的利益。《金小刀的一九九九》所展现的，同样是改革年代里普通人的生活状态和情感诉求，传达出不可掩饰的盲目、嘈杂和心烦意乱。每个人都试图改变自己的生活，改变自己的命运，改变眼前的一切。虽然，南漂广州的金小刀，最后是以失败终结了他的一九九九，却构成了一种文学对当下的真实描述，构成了叙事上的丰满。此外，戈铧的《出嫁》、徐锁荣的《遭遇大师》和王秀梅的《如花盛放》，也都是值得一读的好小说。

二〇〇四年第三期

读者朋友，《清明》杂志中篇小说专号又与您见面了。本期专号，经过精心挑选，我们推出了九部中篇。这些作品题材广泛，表现手法多种多样。当然，好看依然是我们的原则，而关注人生和现实，多层面地展示当今的生活，更是我们选稿的基点。

王大进的小说越写越好，受到广泛的关注。去年第六期，我们发表了他的《远方的现实》，获得了普遍好评。如果说，《远方的现实》以厚重见长，而本期的《禅意》则以精巧取胜。王大进的结构能力着实让人赞叹。在不长的篇幅里，写活了众多的人物，而这些人物围绕着一座寺庙，有序地铺陈了他们的故事。在香烟缭绕中，金钱、爱情、仕途、欲望、良知，还有种种的生活烦恼，都随着情节的深入而展开，在迷乱的城市中让人们品尝着人生的忧伤和艰辛。

爱情是永恒的主题，而婚姻却充满了困惑。《终点》出自名家石钟山之手，其新颖的视角并未停留在一个令人遗憾的爱情故事上，而是别出心裁地对一个貌似普通的主题，作了重新审视和开掘。一个人的出身、背景和文化认同，往往决定了他的思维方式和生活方式。所谓门当户对，在这里得到了并非否定的诠释。《幸福像花儿开放》、《木棉花开》同样是写爱情和婚姻，前者情节曲折，跌宕起伏，后者则情意绵绵，充满惆怅。在急剧变革的时代背景下，这一个个围城式的故事，令人唏嘘不已，感慨万千。

邱华栋是读者熟悉的文坛骁将，他的《橘黄色的黄昏》和叶舟的《为四架管风琴而作》，都是以当代青年生活为背景，他们流畅的叙事，淋漓尽致地展示了当代青年生活的另一个层面。优美的文笔，鲜活的人物，让人开卷难释。此外，《别人的天堂》、《证据》和《张昌的纯洁爱情》也好看耐读，各有千秋，从社会生活的各个层面，给我们带来了新鲜的审美感受。

二〇〇四年第四期

读者朋友,本期头条李铁的《工厂上空的雪》,是一篇充满悬念、很好看的小说,同时也是一篇让人感受复杂的作品。从乡村小镇来的美丽女孩刘雪,是以哥哥刘刚的死为代价进入工厂的,从此,那被红色火焰瞬间吞没的生命,便成为她青春的起点。冷漠地站在生活和情爱之外,拒绝一切友谊和善良、真诚和虚伪、美好与丑恶,以致她的行为和思想、挣扎与反抗都被深深地扭曲,染上一种令人不寒而栗的色彩。当仇视的种子,深植于一个少女尚未成熟的生命,少女的纯洁和美丽便在这瞬间毁灭了,所以面对美女刘雪、弱者刘雪甚至正义刘雪,我们心中挥之不去的,都是一种深切的痛惜。转型期的混乱和无序,以及由此带来的利益冲突和社会紧张,固然值得文学的关注,但作家的目光应该穿透浮嚣的现实,进入历史的深处,给人性一个高度,给文学以悲悯。付德芳的《啊,高三》,同样是一篇反映现实人生困境的作品,以琐碎叙事渲染出的沉闷、沉重乃至无望,是高三这一短暂而独特人生关口的真实写照,相信中国每一位亲历这一阶段的高三学生和他们的家长,都深有同感。然而更值得我们焦虑的,是现行教育体制对孩子心灵和创造力的损伤,从这个角度上说,中国教育的深层改革,迫在眉睫。

本期我们要提请读者朋友特别关注的，还有南台的《吕翠儿》。相比较而言，在冲出现实生活的包围圈，逼近时代和人性的内核方面，《吕翠儿》做出了更大的努力，在两性的对立参照中，完成了对男性人性弱点的批判。在这里，官场的丑陋还在其次，真正震撼人心的首先是男人用心的凶险。因此偷情的吕翠儿不但美丽，也依然纯洁。在可耻的预谋下，吕翠儿幸福地死去了，这一结局，应该让世间所有活着的冯彦虎们汗颜。

二〇〇四年第五期

读者朋友，本期的小说篇篇可读。叶向阳的《世世代代》，是有关父与子的心灵对抗，透过漫长而曲折的故事表层，我们能够清晰感到，两代人之间的鸿沟，正一代一代延续着。政治的动荡，社会的变迁，不过是以不同形式呈现这种古老的心灵内容，这就是文学。文学不关注生活的表层，文学要抚慰的是人类精神的伤痛。而父子们不管如何不容、不谅，如早年的"我"和父亲，现在的赛男和"我"，生活都在继续，血脉都在继续，这就是繁衍。作者的文字是平静的、有温度的，伴随着娓娓如生活本身一样令人感动的叙事，我们在一步步走进父亲的内心，在体谅父亲的同时，也体谅了自己，体谅了生活的艰辛。让人感动的，还有韩天航的《我的大爹》，我的大爹杨自胜，仅仅因为荒原月光下那没有说出口来的爱,因为一个谁也不知道的内心的承诺,就错过了一个男人的一生。重然诺、重情意,这才是男人。而大爹杨自胜的坦荡、无私和男人气,和岳父陈明义的软弱、姨夫李松泉的猥琐形成巨大的反差,告诉我们一个人应该怎样活着,活得像个男人。如今,无论是在生活中还是文学中,这样的男人都越来越少了,因此"大爹"的硬汉形象,对日渐软化的文学来说,是一种振奋。生活是那样的平庸、琐碎、缺乏幸福感,如《踮起脚尖看幸福》中的三个女人所感受到的那样,所以她们都先后离了婚。人人都有追求幸福的权利,大家都离了,你没有理由不离;大家都疯了,你没有理由不疯。然而离了婚的女人们,追求到幸福了吗?没有,离婚以后的她们,陷入到了更大的惴惴不安,更大的不幸之中。《踮起脚尖看幸福》写出了时代的情绪。

另外本期要向你特别推荐的,还有张虹的《纸天鹅》,那不是一个故事,而是一个梦境,一个散发着少女纯洁气息的梦境。在一个爱情和真情几乎被欲望淹没的时代,少女夏章用生命折叠的纸天鹅,唤起了我们对彼岸的记忆。

二〇〇四年第六期

读者朋友,在新中国成立五十五周年的日子里,我们奉献给大家的,是张品成革命历史题材的中篇小说《人人都有一张脸》。朴素的叙事将我们带进川西北的沙窝小镇，带进长征的峥嵘岁月。于是我们知道了，走在当年革命队伍中的，还有庚年这样的人物，他们最初参加革命，是受温饱所迫；而支撑他们走完茫茫草地漫漫征途的，也不全是革命理想，还有中国人古老的信念。人人都有一张脸，对于中国人来说，这张脸比什么都重要，比性命还重要。这才是真实的叙事，真实的人。从人情、人性和古老的生活伦理的角度叙述那场逝去的革命，标志着我们已经能够成熟、理性地处理宏大题材，真正回到"文学是人学"的伟大命题上来。而赵德发的《被遗弃的小鱼》，则读了让人心酸。高考即将开始，韩林霞在五中的等待即将结束，这个几年来希望通过高考挣脱土地和庄稼的农村少女，所有的梦想都将破灭。就在这段度日如年恓恓惶惶的日子里，韩林霞饿着肚子，开始了她致命的网恋。那个网上的世界，那个看不见的男孩，给了韩林霞多么大的快乐啊，他虚幻的柔情，像倏忽而逝的流星，照亮了一个农村女孩暗淡的青春。这个故事最后以我们可以预知的结局结束，令我们心生感慨。综观本期小说，我们能够强烈地感受到，中国社会正处在激烈动荡的转型期中，充满了无限的希望、机遇和勃勃生机，也滋生出前所未有的焦虑、疲惫和痛苦。陈世旭的《古老而年轻的故事》，戈铧的《从周日到周六》，舒怀的《杀手》以及短篇《出口成祸》，都表现出了特定历史时期的一种浮躁，一种动荡不安，一种内心的冲突。真实地反映时代的变迁,世道人心的变化,对于作家来说,不仅需要识见,更需要勇气。

一个时期以来,在散文随笔中,我们一直试图追求一种阔大的眼界和境界,为此,在原有的栏目之外,又增设了《城市地图》栏目。阿成的《穿越城市的河流》,以携带充分个人气息的叙事,为我们描述出了一种独特的文化符码,以及一座城市的精神史。而庞余亮的《乡村学校的夏日必修课》,则为我们提供了新鲜的审美经验,拓展了散文的叙事空间。

二〇〇五年第一期

读者朋友们,今年第一期我们奉献给大家的,是一个中篇小说专号。以专号的形式集中推出中篇小说,既是阅读市场化的结果,也体现了文体内部的整合。商品社会的阅读经验,给了中篇更大的驰骋空间,它所提供的充足的故事资源,较之于短篇,似乎更能经受住市场的考验,也更适合于今天的读者。周万年的《新闻场》,以某报更名为主线展开故事,将人物渐次推入暗礁深藏的宦海惊涛之中,结果出人意料。在今天,新闻政治不仅体现在对新闻的简单政治化,还体现在新闻场与官场的同质同构。庸俗政治对新闻的戕害,已经严重危及到了新闻伦理和新闻所承担的社会良知。这在詹政伟的《左手矛右手盾》中,从另一个层面得到了展现。北京来的记者钟方林,为了一己私利,混迹于少年流浪群体之中,以同情与关怀为幌子,骗取了流浪儿"南瓜饼"的信任。于是这个被边缘化的、屈辱的、鲜为人知的少年流浪部落,毫无戒心地向他袒露出他们的全部。而当他的承诺成为一纸谎言,"南瓜饼"们残存于心底的最后一点真诚和善良破灭了。新闻伦理是新闻的深层价值,也是记者应该和必须遵守的职业道德。

女性写作目前是一个潮流性话语,但我们在阅读北北时,仍然能够强烈地感受到,她和目前流行的女性写作的区别。当然,她和男性写作有着更大的不同,这不同在于,北北采用的是典型的女性内视角。《胭脂红红》的着眼点,不是大变革时代人的命运的变化,而是个体人心的沉浮,以及在商品挤压下女性的柔弱。诗性、平静、忧伤,也同样是陈启文《八一四仓库》的叙事风格。另外,孔阳的《飘来飘去》和童全的《开始或者结束》都展示了现代都市人的情感困惑。我们希望,一方面文学能够尊重消费,融入市场;另一方面,能够积累更多的审美经验,保持自身的品格。

二〇〇五年第二期

读者朋友,相信阅读本期头条叶广苓的中篇《响马传》会给你带来心灵的震颤。在现代生活的背景之下,依托一条寻找傥骆古道的线索，作者展开她富有传奇性的故事，在扑朔迷离的传说中求证历史的真实，拷问人性的善恶。在这里，民间叙事的力量显然超越于简单的革命话语之上，"打土豪分田地"已成遥远的过去，回望杨贵妃逃亡途中停留过的紫木川，也已雨意阑珊。大土匪何玉琨的小老婆，不知什么时候消融在了历史深处，但善良和真实却永存人间。王大进的《兄弟》，同样是一个有关人性的主题，为了小丁能够顺利读完大学，还是孩子的弟弟丁二以他瘦小稚弱的身躯，冲破了法律的底线。一边是亲情，一边是道义；一边是承担，一边是背叛。最后，亲手将兄弟送进监狱的小丁，以自己的生命换取了丁二的生命，让一颗挣扎的心永远获得了安宁。它所显示的底层生存的艰辛残酷和由此引发的社会紧张，应该引起注意。曹军庆的《回家》诉说现代都市人的隔膜、冷漠和同床异梦，叙事缭绕而曲折。如果说情人邹之玲的离开让男人感到失落的话，那么妻子的突然出走，则让他大梦初醒。再亲密的身体接触，都无法抚慰内心的荒凉，这就是今天的夫妻和情侣。所以聪明的黄周无论是在网上还是在现实婚姻中，都只想寻找三分之一的快乐。普遍的精神疲惫，使小说的审美空间变得日益狭窄，也直接导致了小说隐喻性的消失，而这，正是商业语境下文学的困惑。

本期的《散文随笔》栏目，我们编发了新散文的代表人物庞培的《一座郊外的小教堂》和麦阁的《世界的五月》，迥异于传统散文的视角和感知方式，拓展了散文的审美空间，让人耳目一新。散文正突破旧有的疆界，走出一条文体融合的新路子。另外，两位女性作者，张瑞晓的《这座城》柔情似水美幻如烟，郭翠华的《背后的花朵》关注电影人文精神的构建，都是值得一读的好散文。

二〇〇五年第三期

读者朋友，在阳光灿烂的五月，我们奉献给大家的，又是一期中篇小说专号。李春平的《我男人是县长》，是以一个妻子的视角展开的心灵叙事，在"我男人"邱耀明当选县长的瞬间，"我"周围的一切都变了。这一仕途升迁给女主人公所带来的心灵震荡，甚至远远高过了官场秩序中的邱耀明本人，这一点值得深思。就在女主人公志得意满津津乐道于自己县长夫人的美妙感觉时，官场暗流已经在她的身边环绕聚集，形成权力的漩涡，最终将她和她的丈夫一同淹没。随着"政治文明"概念的提出，作家们开始从更广泛的层面思考腐败形成的社会性因素，如潘小平的《偶然事件》对官场血统延续和潜规则的触及，都是试图对腐败进行更深层次的文化批判。国庆在娱乐场所被抓，是一个偶然事件，但由此引发的陶城官场动荡，却并不偶然。最后，弥合权力之争，平息"嫖娼风波"的，是看不见的官场"潜规则"；而所谓的官场血统，也不仅仅是指子女借助父辈的影响进入官场,而是指政治权术作为一种文化因子,已经融进了下一代人的血液。海桀的《雪落心房》,讲述的是一个此岸与彼岸、世俗与梦想的故事。仰望阿翔消失的阿尼玛卿雪山,我们感到喧嚣的尘世之上,人类对不可企及的世界的追寻,感受人类灵魂的圣洁。在消费阅读的大背景下,城市生活越来越成为小说的主流话语,因此当我们读到童村的《月如花》时,我们甚至有一种久违的喜悦。今天,像这样以乡村民间艺人为表现对象的作品,已经不多见了;像这样平静、悠然、散发着淡淡纯美气息的叙事,更是越来越少。作者和读者,似乎都不再有耐心和信心进入文学描绘的世界,这就是商品时代和欲望化写作。我们希望以自己的努力,坚守文学的诗性和梦想,在你奔波劳碌了一天之后,和我们一起打开《清明》,感受文字的力量。

二〇〇五年第四期

读者朋友,相信和我们一样,读了本期头条《一巴掌》,你的心情会很沉重。三好学生丁丁一直是个听话的孩子,不仅各科成绩优秀,获过作文大奖,并且唯老师之命是从。丁丁是父母的骄傲、班级的骄傲、学校的骄傲,但就是这个丁丁,在一堂示范课上,因为没有按规定的答案发言,挨了语文老师一巴掌。现行教育体制的弊端,因这一事件而得以集中呈现；而我们也充分感受了小学生丁丁内心惊人的复杂和圆滑。僵化的教育模式，固然扼杀了学生的创造力和想象力，但更值得深忧的，是少年丁丁的察言观色和人情练达。丁丁处理人际关系和突发事件的能力，甚至超过了她的父母，这让人害怕。王秀云的《水晶时代》，以女性叙事的细腻，塑造了更大的感性空间。身处官场才貌双全的女科长林小麦，就要和青梅竹马的恋人结婚了，而邢书记的出现，却改变了她的命运走向。然而，这并不是一个人们司空见惯的官场加欢场的故事，而是一个女人对浪漫爱情的渴求，是一种大悲欢，一种宿命。女性写作充满了这个时代，但也超越了生活表层，直达性别的本质和灵魂。著名作家刘醒龙的《复仇》，写的是小镇杭、雪两家在漫长历史中结下的爱恨情仇，这给故事带来了宏阔的背景，也给人物命运涂抹上一层与生俱来的悲剧色彩。在巨大的政治动荡中，在世仇的阴影覆盖下，我们惊讶地发现，人性依然美丽，爱情依然青葱。作者似乎在追求一种放纵和灰暗的语感，这是一种叙事冒险，对读者的阅读经验，也是一种考验。此外，《低头不见抬头见》和《都别太难过》，也都是值得一读的好小说，前者以轻松、调侃的语言格调，展现典型的都市情境；后者则以平实、贴近生活的姿态，叙述了单身母亲在生活重压下的艰辛和来自于儿女的重度伤害。

　　李元洛的《盛世悲音》，是一次中国文人的精神之旅，经两百年风雨沧桑,我们随作者一起感受诗人黄仲则的盛世忧伤和感慨。本期我们集中编发了一批优秀散文家的作品,是希望以直言的方式,提供思想的文本。

二〇〇五年第五期

读者朋友,每逢单期编发的中篇小说专号,已经成为《清明》的一种固定形式。这是我们奉献给读者的一份阅读大餐,故事纷呈,人物各异,风格多样,价值多元,呈现出生活与话语的复杂性和多维性。杨少衡的《蓝筹股》叙事个性突出,一如小说的主人公贺亚江,张扬、异端、行不由径。官场如股市,风险莫测、收益莫测,一夜暴涨或一夜暴跌,都不是什么人间传奇。所以贺亚江的仕途险象环生,结局更是令人慨叹,令人唏嘘。政治投机和行侠仗义,在这个人物身上得以奇妙结合,是我们的阅读经验中从未遇见过的典型。海飞的《萤火虫》则通篇充盈着无尽的诗意,如同那些美丽的萤火虫,飞舞在阿斗无声的世界里。成人们的生活是那样的荒谬、混乱甚至暴力,包括母亲,都让十岁的阿斗看不懂。幸好阿斗的世界无声,幸好阿斗的世界里还有萤火虫。他对乳房的孜孜以求近乎不可理喻,有一种和他十岁年龄不符的孤寂和沧桑。如何在市场的压力下,超越生活和欲望,使文字保持新鲜的质感和葱茏的诗性,海飞做出了有效的探索。《让我们在哪里签字》所展示的是历史转折期的无序,以及这种无序状态下人心的深不可测。不是强者对弱者的倾轧,而是弱者对弱者的欺诈,是人的相互不信任,是生存压力和金钱向往对底层人良知的侵夺。那么结果便无可挽回地滑向《鱼》所设定的情境:鱼太多了,氧气就少了,鱼们苟延残喘,有的鱼死了。对他人的伤害,就是对自身的伤害,对族群的伤害。如何缓解紧张,共同构建一个和谐社会,作家们从文学的立场,对社会生态的恶化,提出了思考和警告。

二○○五年第六期

读者朋友,本期我们奉献给大家的,是鲁彦周的长篇小说《梨花似雪》中独立成章的第一章节。鲁彦周是新时期文学的重要作家,其代表作《天云山传奇》以强烈的批判现实主义精神,参与了当时的思想解放运动,给复苏的文坛带来巨大的震撼。《梨花似雪》延续了作家批判现实主义的传统,以厚重的笔墨展示了二十世纪初年,在革命思潮激荡下巢湖地区的风物人情和思想风貌,以及在此背景之下几个情窦初开的青年男女的命运和爱情。巢湖是鲁彦周的家乡,有他熟悉的土地和人物,当周村的火把将浩渺无边的巢湖暗夜照亮,作家的文字也获得了意外的绚烂和绮丽。《梨花似雪》在结构和叙事上,均有新的尝试。此作尚未出版即受到影视界的关注,有关影视改编权已被买断,并正在改编之中。弋铧的《铺喜床的女人》，在古老的婚俗中展开人物命运，显示了乡村习俗强大的制约力量。李培俊的《用灵魂串联的故事》，则是以飘升的灵魂俯瞰滚滚红尘，芸芸众生，和弋铧一样，都触及到了人类内心深处的黑暗和善良。在天堂和地狱的十字路口，一个男人的灵魂长久地徘徊和犹豫，这一视角，给了人类反省的目光。《鬼村一棵树》是西北作家赵光鸣的最新力作，粗粝的笔风和西北僻远荒漠的景象水乳交融，而穷村"一棵树"时刻紧绷的阶级斗争之弦，则在不动声色中营造出一种荒诞的情境，完成了政治上的反讽。本期我们要向读者朋友重点推荐的，还有王荪的《英子》，美丽动人的洗头女英子的遭遇，折射出一代农村少女脱离土地、融入城市的愿望，以及在实现这一愿望过程中所感受的屈辱和迷茫。城市化正在成为二十一世纪中国社会的主流，如何最大限度地实现公平和公正，将是作家和文学所面临的不可回避的现实。愿文学在今天，仍能一如既往地将人类屈辱的内心抚平、照亮。

二〇〇六年第一期

读者朋友，在新春的喜悦中，我们奉献给大家的，是罗伟章的中篇力作《水往高处流》。当淡蓝色的晨雾在镇子上空袅袅升起，吃了一辈子清溪河水的山区教师孙永安，也像往日那样担着担子出了门。然而山外滚滚的商潮，内心发财的冲动，已经彻底打乱了孙永安平静勤勉的教书生活，改变了他和学生之间亲如父子的感情。孙永安的家庭小吃店，是市场经济冲击下乡村中学的一个缩影。作者细腻温热的笔触，将我们内心的琴弦拨动，孙永安那张永远愁苦的脸，清晰地浮现于巴山深处。作品最令人感动的，还是其底层的立场和视角，叙事中所传达出的对劳动的赞美，对生命的敬畏，在喧嚣的当下，已经让我们久违了。一样触动人心的，还有丁小村的《流窜》。两个多次作案，一路奔逃的年轻人，在秦岭南麓汉水河谷的一座小城下了车，他们希望拥有一段相对平静的日子，于是认识了一个善良的女孩。此后抗命成为他们生命的主题，但命运并没有因此而改变。在人性的挣扎、善恶的冲突中，两个流窜的灵魂和小城女孩一起沉落。木子们的不断流窜和他们最后的命运，从更高层次上，引起我们对社会和谐与公正的思索。转型期的中国，难免人心浮动，如《覆水难收》中的小姗，在挤进富婆们的生活圈子之后，才发现不仅失去了家庭，也失去了自我。真是覆水难收啊，然而等明白这个道理，一切都晚了。海宽的《永远的夏天》，也是对平常人生的感念，当灾难突然降临时，夫妻间平淡甚至久已厌倦的关系，才呈现出令人依恋的一面。生活的诗意，就这样猝不及防地展现在我们的面前。值得特别一提的，还有吴越的《第四者》。报社副主编苏南，在妻子于小惠和情人刘颖之外，还和一个名叫方圆圆的女孩相好，而这个方圆圆，就是第四者。第四者的出现，颠覆了现代都市人的情感关系，使之更加混乱。注意，从社会学意义上说，这是一个崭新的概念。

二〇〇六年第二期

读者朋友，在瑞雪飘飞的季节里，我们编发了这一期《清明》。本期头条《母亲和我们》的作者韩天航，是大家的老朋友了，多年的屯垦戍边生活，为他提供了取之不尽、用之不竭的创作源泉，大漠黄沙、铁血男儿遂成为他作品的主体展示。而这一次他奉献给大家的，却是一位传奇母亲的形象，善良、坚忍、决断、深明大义。当灾难接踵而至时，她毅然承担；在遭受抛弃的一刹那间，她毅然将丈夫抛弃了。在她的照耀下，丈夫、儿女、周围的人甚至包括丈夫的后妻，都显现出人性的光辉，粗粝苦寒的大西北，也因此有了博大的母性。母亲刘月季形象的出现，是对中国女性传统美德的一种丰富和突破，在善良、隐忍、包容之外，也有男人的侠义与豪情。曹军庆的《隐身日记》则于真假莫辨、亦梦亦幻之中，完成了窥视与侵入的现代性主题。都市男女的内心是荒凉的，而他们冰冷的身体，也同样渴望着婚姻之外的异性。本期中篇以都市生活题材为主，李春辉的《再见，女人花》和张锐强的《终点》，均触及到了现代人的精神窘迫和情感危机。灯光晦暗的歌厅和随后到来的"非典",为画家和"三陪女"短暂的爱情提供了一个恣意生长的温床,在肉体的撕咬中,我们看到现代人一颗颤抖的、无可依傍的心。但是小城公务员黄克玉,仍然希望在杂乱浮嚣的现代社会中,找到一只安放灵魂的容器。围棋对于他来说,有着吸附灵魂的作用,凭借着对它的爱,他建立了一个外人无法进入的私密空间,支撑他于无望而平庸的日常生活中,向着生命的终点走去。从这个意义上说,那个始终没有露面的红颜知己施韵雪,是黄克玉的精神围棋。身处大动荡中的中国作家,普遍关注到了转型期都市人的精神困惑,这无论如何都值得肯定。

本期值得一提的,还有胡继风的《一地黄花》。它提醒我们在高速发展的中国社会,还有着尚未脱贫的九亿农民。所以春山的父亲,才狠心斩断儿子与裁缝铺女孩之间朦胧美好的初恋,虽然这个名叫六月的女孩,脸上有着太阳般灿烂的笑容。

二〇〇六年第三期

读者朋友,本期头条《梦想工厂》的作者李铁,是我们的老朋友了,他的以转换期企业为背景的小说,正在逐步形成有别于他人的阅读经验。赵吉虽然是个普通得不能再普通的中年男人,但是幻想拯救了他,使他平淡的一生充满了戏剧性。在这里,我们其实并不关注赵吉的梦想工厂有几分实现的可能,而是被他难以实现的梦想所激动,被物欲横流的世界里依然存在的善良所感染。我们有幸处在体制深刻转换、结构深刻调整、社会深刻变革的重要历史时期,刊物的声音虽然微弱,但是我们仍然试图为读者独立、理性的思考,提供兼容并包的思想资源。而且李铁的叙事也正渐渐趋于自由,不再单纯沉湎于事件。在叙事上更加成熟和具备个人风格的,还有海飞的《秀秀》,这真是一个特别值得一读的好中篇。传宗接代的家族使命和女人的嫉妒宽容,奇迹般地在秀秀的身上冲突交融,瞬间为光芒,瞬间为黑暗。在一个女人亲手将自己的男人送到另一个女人怀抱的过程中,我们感受乡村习俗的强大力量,感受它的荒唐和对人性的腐蚀。冷笑着的瞎眼桂花,似乎是童话中邪恶的女巫,她的象征意味十分明显。故事的结局惊心动魄,所有人物的命运最后都阴错阳差,以悲剧的形式终结。在这里,海飞以游离于市场话语之外的叙事,捍卫着纯文学的尊严。此外,罗萌的《空门秋月》以遁入空门的京剧名伶秀月的目光,回望几十年间的烦嚣与动荡,给人悲喜莫名的人生感悟;海南的《钓友》塑造了一位通达睿智的市委书记的形象,叙述明朗而朴素;于卓的《鸟事》则于连绵不断的饭局之中,探讨民间协会组织的异化和向官场文化的靠拢。中篇小说专号的形式,为读者的阅读趣味提供了各种可能性,我们希望通过刊物和读者的双向努力,共同开拓小说审美的更大空间。

二〇〇六年第四期

读者朋友，本期《清明》虽不是小说专号，小说却十分好看。吕幼安的《魏莎生命中的男人》，为我们塑造了一个复杂的女性形象，在一连串的被迫与被动中，美丽而软弱的魏莎，以徒劳的方式，坚守着她做人的底线。我们无法用传统的道德标准去衡量魏莎，我们只感到一个女人生命中的无奈，以及历史转型期的动荡和纷繁。小说家应该是对人性有博大兴趣的人，在日常生活的描述中，使人沉溺，也给人温暖。孙建成的《归途》，在曼哈顿的蓝天白云下开始，在失败者的眼泪中结束，以一个成功"海龟"不成功的市场打拼经历，折射出国内IT业最初的无序与混乱。流行文化的元素，正大量进入小说的审美空间。史生荣的《导师》，则是延续了他一贯的题材优势，对经济大潮冲击下的高校以及由此衍生出的种种驳杂的现象进行描述，将"导师"的意义彻底改变。但尽管如此，"导师"带给我们的惊愕，仍然远远不如他的研究生来得猛烈和深刻，尤其是看上去亭亭玉立弱不禁风的顾晓然，更让我们感到灵魂的震颤。和这一篇异曲同工的，还有左雯姬的职场小说《杀进中产》。为了"杀进中产"，同是"海龟"的职场女性王艺，以聪慧、娇美而又峥嵘的面目，颠覆着几千年来，我们关于好女人的价值观。

本期的散文栏目,我们编发了李元洛的《前后赤壁行》,知识与学养,深邃与高蹈,在作者的笔下得以融合,给人以阔大的审美享受。近年来,在市场化的影响下,一些私密性很强的散文一度流行,杯水微澜。我们希望以自己的努力,影响读者的趣味,一定程度地提升散文的思想和情感空间。

二〇〇六年第五期

读者朋友,本期"小说专号"的头条,我们推出的是王十月的《关外》。这个"关"不是通常意义上的"山海关",也不是非通常意义上的特区"南头关",而是打工者一个无法逾越的"心关",一个心结。在生活底层挣扎出来的王十月,坚定地向我们表达着他的底层立场,因此读他的作品,能感到一种优越的、高高在上的写作者所没有的心灵震颤。最近一段时间以来,创作界关于底层立场和底层写作,有过一些讨论和争论,在白领、金领、小资、粉丝们的生活情调和审美趣味充斥整个社会的今天,弱势群体在文学中,是一种更加弱势的存在。在这里,王十月所关心的,不再仅仅是他们的生存,而是他们的心理诉求和精神形态。也因此"大哥"的遭际才更加让人痛心,它向我们揭示了一个普通的善良的农民工,怎样在极度的贫困和屈辱中,被冰冷的城市所吞噬。王十月的写作是典型的现实主义写作,而现实主义在某种意义上说就是人道主义,就是灵魂关怀。在一个非常的历史时期,人的精神面临巨大的损伤,如李春平在《享受权力》中所展示的,县长郑建勋和环绕在他身边的一群分食者们,如何在享受权力盛宴的过程中,失去人的尊严,尤其是男人的尊严。王大进的《我的理想》,则是一个农村少年的心灵史,在平庸的现实中,少年一点点泯灭了他的英雄梦,最终沦为一名杀人犯。在多年的逃亡生涯中,惊恐不安成为一种生活常态,而结局不仅出人意料,更闪耀出人性的光彩。生活虽然日益嘈杂,人的内心也越来越不安静,文学却并未缺失,它的抚慰,让我们温暖。

二〇〇六年第六期

读者朋友,本期头条《鬼雾》的作者遥远是我们熟悉的作家,因为拥有独特的题材资源,他的作品明显与众不同。《鬼雾》延续了这种优势,荒蛮的河滩,弥漫的鬼气,如血的夕阳,一开篇便营造出一种诡异绚烂的氛围,也使故事有了强烈的传奇色彩。在亦真亦幻亦现实的叙事中,父子两代蟹王相继出场,于重重鬼雾中露出他们强悍坚忍、威震一方的面容。在又一个黄金蟹季到来的时候,四十五年的爱恨情仇,在老蟹王的心中翻江倒海;而新一代蟹王狗子,也渐渐显示出他贪婪残忍的一面。这显然是一个非现实的文本，具有极强的寓言性质。在盛产蟹鳗的河滩上，人类群起争利，最终被欲望的潮水所吞没。王祥夫的《老黄的幸福生活》，有一种对社会秩序和社会公正的深切关注，还有一种不动声色的幽默。老黄的幸福生活是从洗澡开始的，但是老黄的幸福生活，随着胖警察和瘦警察的出现，很快就被打破了。小人物的幸福生活很容易建立，也很容易被打破。徐岩的《照相的日子》，在一种让人沉静的叙述中缓慢展开，照相的日子虽然艰难，但是有善良存在，乡村大地依然美好。对于文学来说，诗意的发现和诗意的描写，同样重要。一个时期以来，浮躁的文化市场，喧闹的商业语境，很大程度地损伤了文学的品质，小说叙事变得粗糙了，局促了，脂粉化了。而作家承受苦难的能力，发现美的能力，都在减弱。令我们欣慰的是，目前这种状况有所改变，这从张慧敏的《秀谷》中，同样能够感受到。

本期的散文随笔也很可读，许辉的《涉笔成思，涉文成趣，因杂而博》是典型的学人笔记。曾在坊间见过郁达夫的一方闲章，上刻"十年读书，十年养气"八个字，读书即是养气，对一个作家来说，读书是抵御平庸、消解疲惫的重要途径。

二〇〇七年第一期

读者朋友,不知不觉中旧的一年又将过去,新的一年又将来临。新年第一期我们奉献给大家的头条,是朋友们都熟悉的女作家傅爱毛的最新力作《空心人》,所涉及的是一个时期以来笼罩全社会的矿难话题。小煤窑的过度开采,矿难的频频发生,不仅是对人类矿产资源的残酷破坏,也是对人类道德资源的无情攫取。发财的欲望,将原本善良朴实的杨树岗村民,变得疯狂、残忍、毫无人性,就像一群"空心人"。在经济社会和谐发展的大氛围中,杨树岗所发生的一切,尤其触目惊心。罗伟章的《漂白》所着力展示的,是媒体人在激烈竞争下的复杂心态,敏感、晦暗、患得患失,同时又蠢蠢欲动,不甘平庸。作家对小城才子陈其光的心理刻画细腻委婉,对陈妻夏小雪女性情感的呈现,更是丰富而有层次。吴相应的《寻找江湖》,是对农村留守一族生存状态的关切和注目,在青壮年都进城打工的广大乡村,蹒跚着的是老人,游荡着的是少年,荒凉着的是内心。也因此问题少年韩冬的茫然与无助,才让人沉重,让人心疼。一个国家在工业化、城市化的过程中,往往会遭遇很多问题,小说家对这一类社会问题的敏感与关注,让我们感动。

自推出中篇小说专号以来,在每一期的编排上,我们都力图使题材更加广泛，风格更加多样，内容更加丰盈，如本期我们集中编发的几位女作家的作品。冉冉的《被隔离的眺望和想象》结构繁复，叙事灵动，对小说审美空间的开拓做了大胆的尝试。女性敏感如弦的笔触，展现出了多种叙事向度。而王秀梅的《我的街头生涯》则坚硬有力，节奏铿锵，一扫她往日的女性温热。小痞子黄金的街头生涯，血腥、动荡、惨无人道，却也一样有青春、有纯情，有少年人的生命冲动。这是一群被社会所唾弃的人，生活在常人不知道的黑暗中，而在不动声色的叙述中，我们默默感受了作家的大悲悯。此外蒲小元的《阳台是什么地方》和赖妙宽的《男人魔方》，都充分显示了女性写作的力量与深度，以及不同于男性作家的文学想象力。

二〇〇七年第二期

读者朋友，本期头条《总有我们的渴望》的作者李治邦，是我们熟悉的作家，他以往的作品，曾给我们带来美的震撼和享受。渔岛渴望陆地，少年渴望成长，男人渴望女人，贫穷渴望财富，平凡渴望煊赫，煊赫渴望平常……只要活着，总有我们的渴望。渴望是人类重要的精神本能，世事流转，人心变幻，都源于一种潜在的渴望。李治邦的小说，多是笼罩在现实主义的阳光之下，也因此生活中的美丑善恶，才有了逼人的真实。刘继明的《小米》虽是一个近于残酷的题材,却弥散着不绝如缕的柔情,是对少女小米的怜爱,也是作家内心深处善意的流淌。我们的法律,究竟是要我们的人民更幸福还是更窘迫?究竟是使这个社会更和谐还是更惨烈?刘继明以作家的思维和文学的方式,传达出审美的力量。余同友的《青蛙搬家》,则是一出现实乡村的喜剧、闹剧、滑稽剧,虽说在城镇化的进程中不可避免,到底有几分荒唐,几分苦涩,而失地农民的出路在哪里?也让人感到迷茫。我们的社会生活和经济结构正在发生翻天覆地的变化,这期间任何发生在个体身上的悲喜剧,都是社会的阵痛,改革的代价。赵甲的《我在这个城市里又过了一夜》,提供给我们完全不同的阅读经验,新鲜、鲁莽、随心所欲,是"沪漂"一族真实的生活写照,也表现出新一代作家对文字的野心。

二〇〇七年第三期

读者朋友,本期头条郭牧华的《美玉》,是一篇不同于一般意义的官场小说。市委秘书欧子期和李法政,或因小城生活的孤寂,或因顶头上司的好古,都把目光投向了古玩市场。由一件偶然淘得的玉猪龙,作家开始了对小城官场的描述,世相人心,鱼龙百态,围绕着这件新石器时期的美玉,一一展开。小说的亮点,还不在于塑造了一个美德如玉的市委书记形象,而在于对欧子期这个特殊官场人物的塑造,给了官场以希望。东坡先生云:君子可以仕,可以不仕。在升迁压力越来越大,行政生态越来越动荡的今天,他身上所散发的静若处子的气息,让我们久久难忘。丁邦文的《造节》同样是官场小说,题旨却似乎更为斑驳陆离,情节也更为波诡云谲,不仅市委书记欧阳平,市长高东方、省委副秘书长杨毅都是很难肯定也很难否定的政治形象。恐怕应该是复杂否定,深刻肯定,如欧阳平的"造势海洋节",固然有政治上的野心、私心,也有造福一方的为官理念,甚至还包含了一点点政治理想。阵容的《扣姨》,写一个女人无私奉献的一生,看着她日渐老去的青春面容,我们唯有感叹女性的无私,母性的伟大。无法以值得或不值得来衡量她的生活,因为生命就是这样传承。《苦涩的西瓜》是本期小说中最富有人间烟火气的一篇,牛爸的焦灼,牛儿的冲动,小翠穿行于夜晚村路上的少女身姿,都和大地一样真实而让人感动。小说叙事要饱满,作家的文字要有温度,要能够抚平生活的苦难,滋润干涸的内心。李春平的《圣母》也是一篇难得的佳作,绚烂之极,归于平淡,如二奶奶的百年寿诞,闪烁着祥和睿智之光。

二〇〇七年第四期

读者朋友,本期头条赵光鸣的《穴居者的一天》,真的让人感动。来自于黄土塬上的代课教师王绳祖,和他的搭档小丁饿着肚子,在建材市场上转悠了好半天,但是持续的寒冷让他们一无所获,而市场里到处都是和他们一样,依靠搬运建材维持一天生计的乡下人。住在阴暗拥挤的防空洞里,吃着草根小店粗粝的饭食,穴居者王绳祖唯一的希望,是能遇见一个雇用他们的人。城市是那样繁华,又是那样冷漠,没有人注意到他们的存在,除了他们自身。然而持续的阴霾之后,太阳还是出来了,金色光亮照在小丁年轻的脸上,让王绳祖深深感动。赵光鸣的叙事非常温暖,非常有感情。长久以来,因为市场、因为欲望、因为商业化,我们的小说不再关注人民的痛苦,尤其是不再关注底层人的痛苦,我们的小说变得离真实的人生越来越远,越来越矫情。小说应该给底层的人们生活下去的依据和希望,而不是让他们更绝望,正是从这个意义上,我们高度评价《穴居者的一天》。唐镇的《寒儿》也同样有温度,有巨大的冲击力。乡村少女寒儿的爱,如大地一般朴实、博大,默默无语。季栋梁的《老解》则把土地的包容、农民的智慧、乡间的道德秩序,尽收笔下,款款道来,游刃有余,如入无人之境。这篇东西,写得相当机智,有叙事张力。和前几篇不同,王大进的《真相》是一个城市题材的中篇,笔触深入到现代人的精神深处,情节诡秘而结局莫测,其中所包含的东西,一言难尽。

二〇〇七年第五期

读者朋友，本期中篇小说专号十分可读。发在"皖军新锐"栏目中的两个中篇，是安徽正在崛起的青年作家的新作，都是现实题材，都是关注"三农"问题，都有新角度、新开拓。余同友的《夏娃是个什么娃》，反映的是目前农村精神生活和农民情感生活的现状，读来有几分酸楚，几分苦涩。改革开放的大潮，将无数怀揣发财梦的农村青年裹挟进城市，他们有的成功了，有的失败了，也有的如小说中的杨利文和苏眉，在罪恶和欲望的泥潭中沉落。更堪忧虑的，是以李光荣为代表的一帮农村老光棍，生活贫瘠，精神空虚，感情没有寄托。夏娃到底是个什么娃呢？这些现代化、城市化进程中所遭遇的问题，确实值得我们思考。韩旭东的《二丫的暑假生活》，表面上看起来是一个农村出身的女大学生挣扎和沉沦的故事，但所触及的却是社会公正与和谐这样重大的问题，是对农民公民权尤其是受教育权的深度开掘。作者本人出身农村，现在的身份也仍然是农民，所以文字虽波澜不惊，内心的疼痛和忧伤却能够强烈地感受到。吕幼安的《爱情与工作无关》，写一对大学时代的恋人在疲惫的中年相遇，工作和感情由此而变得一团糟。复杂的人物关系和悬念丛生的故事情节倒还在其次，这个中篇的独到之处，在于对女性心理的洞穿，女人在情感问题上的愚蠢、自私和不可理喻，有时真的让人受不了。游利华的《胎音》是一出借腹生子的荒唐闹剧，结果三方当事人都深深受到伤害，事情的结局完全出乎意料。王秀梅的《蹲守》是一种公安题材的隐性处理，多视角叙述使情节的发展愈加曲折和缭绕。当潜逃十年的罪犯刘学，终于落入追踪十年的公安罗宾之手，我们感到并不是破案的喜悦，而是世事的变幻和人心的莫测。

二〇〇七年第六期

读者朋友，二〇〇七年就要过去了，新的一年即将来临。在这凛冽的初冬天气，我们向你推荐刘永涛的《天堂里的树》，那是小镇美人梅丽在十多年前亲手种下的。梅丽的丈夫陈安，是一个普通得不能再普通的男人，但他娶回了小镇第一美女，这让陈安自己都不敢相信。所以梅丽的死对他的打击很大，几乎是致命的。在此后漫长的岁月里，陈安带着两个儿子艰难度日，唯有夜深人静时候，对着梅丽种下的那棵树说话，就像对着天堂里的梅丽。《天堂里的树》写得很沉静，很舒缓，很柔肠百结，很动情。女人丢下的"念想"是那样具体，又是那样抽象，在陈安度日如年的日子里，给了他活下去的勇气。人在生活中，必须有生活之上的"念想"，否则一天也活不下去。陈安的念想最初是妻子梅丽，后来是邻居张平，两个男人由对手慢慢携手，在人生的暮年归于平静。龙一的《敌后》是一段惊心动魄的抗战故事，情节跌宕，人物驳杂，敌我一时难分，局势变幻莫测。有两个人物写得很精彩，一个是土匪头子麻老二的老娘麻三姑，一个是表哥的相好寡妇王二姐。烽火三月，兵马乱世，一样有人情冷暖，也更显人心如海，世事难料。钱国丹的《惶恐》，描述的是失地农民的现实人生，虽然背负着满满一编织袋二十七万元的现金，郑守田还是惶恐不安，连日子也不知怎么过下去了。对中国农民来说，土地不仅是赖以生存的基础，还是情感和精神的栖息地，看一眼郑守田们的惶惶不可终日，我们就能知道土地的意义。这一点在姚鄂梅的《青底绣花绑腿》中，也有较为深刻的表现，说明作家们已经开始对中国的城市化进程做更深层次的思考。

本期我们编发了著名诗人严阵的散文小辑，诗人经岁月淘洗后的文字，静美如初。著名散文家王英琦的新作意象纷纭，思维深邃，也很值得一读。另外我们还要向你特别推荐庞余亮的新作，诗人以迥异于传统散文的感知和语感，追念少年往事，在亘古照耀的太阳下面，乡村的万事万物都是那么明亮，那么美好。

二〇〇八年第一期

读者朋友，当你打开本期《清明》的时候，二〇〇七年已经渐渐远去,春节将临,窗外满是旧历新年喜庆而浓烈的风景。这样的时候我们阅读王芸的《毒锁》,愈加对火锅城老板姚其顺走上了贩毒的道路,从此陷入万劫不复的罪恶深渊,感到伤悲。他深爱自己的女儿,也深深渴望爱情,但这一切对他来说,都已经不可能了。曲折的故事,跌宕的情节,不可预料的结局,为我们展示了一个毒贩隐秘黑暗的内心和如履薄冰的生活。孙且《老尼姑拉耶维奇的银扣子》,是对少年心境的追忆,有一点茫然,一点躁动,一点淡淡的忧伤,与动荡的"文革"岁月,格格不入。那是衣衫褴褛的老尼姑拉耶维奇带来的异国趣味,点亮了中国少年的生活。当那些优美的俄罗斯诗句,从即将离开人世的老白俄口中缓缓流出时,我们的心被深深感动了,闪烁着月亮光芒的银扣子,消融了老白俄流落他乡的窘迫。好了,现在让我们进入十里烦嚣的上海,在《不能回头》中看看中学教师张子凡遇见了什么。傍晚时分的操场上,男生在踢足球,情人王晓芙正站在操场边上,盛开的芙蓉花一般对着自己微笑。然而张子凡的心情却怎么也好不起来,妻子下岗,班级混乱,暗恋自己的女学生又发病了,张子凡身心疲惫,不得不打辞职报告。在日新月异的现代化大都市上海,男性中学教师的身份越来越尴尬,透过作家细致入微的描述,我们感到了这一群体心境的寥落。史画的《进化成猴》是一场闹剧、丑剧、悲喜剧,不仅仅是白天愁论文,晚上愁嫁人的女研究生何青和柳依依,就连貌似正人君子的离异教师罗容，也让人觉得内心龌龊。社会转型期，人心尤其难测。做动物研究的高校知识分子，最终"进化"成猴，这难道还不值得人类深思吗？

二〇〇八年第二期

读者朋友，二〇〇八年元月的江淮大地瑞雪飘飘，中国老话"瑞雪兆丰年"，相信今年的收成，一定很好。这样，在城市天桥下艰难度日的"耗子"，也可以稍稍安心了。陈启文的《未知区域》，为我们讲述了一个进城农民的故事，当年轻的"耗子"从遥远的烟波尾进入城市时，他盲目而本能地找到了打工者聚集的天桥。手臂上爬着绿蜈蚣的潘叔，随时捧读外国名著《罪与罚》的修车大老表，美丽善良的英子，拖着兔唇女儿的芳嫂……各自带着梦想、带着希望、带着伤痛，蜷曲在天桥之下，相互伤害，也相互温热。天桥不仅对于初进城市的"耗子"是一片"未知区域"，对于城市来说，这也是一片"未知区域"，有残酷的"章程"和生存规则。过度的竞争，使底层人的生存底线不断被击穿，如何保护弱者的生存空间，挽救底层的堕落，是作家的思考。唐镇的《特派员老米》，为我们揭开了几十年前的一段尘封往事，在严酷的战争年代，在血与火的岁月，更加严酷的"肃反"悄然而至了。作为"肃反"特派员的老米，和作为"肃反"对象的曹志霖有着长久而深厚的革命友谊，而当他们对立的瞬间，他们身上复杂的人性和坚定的革命性，也爆发出耀眼的火花。和前两篇不同，欧阳北方的《不要送我玫瑰花》，展示的是在孤独的城市背景下被扭曲的城市人格，隐秘、晦暗、焦灼、变态，是日益恶化的环境和日益狭小的空间，在人的精神层面的折射。随着城市化和工业化的推进，越来越多的作家，开始关注城市人的精神健康和心理健康，而不是仅仅热衷于书写他们离奇的财富故事。

二〇〇八年第三期

读者朋友，当你打开本期《清明》的时候，岭兜乡副乡长刘克服正陷入焦头烂额之中。还不仅仅是"幸福村"的村民闹事，在与书记、乡长甚至上级领导的关系上，刘克服也十分被动。刘克服就是"认死理"，一意孤行。三十多年前，因为修建水库，"幸福村"的村民集体移民岭兜乡，因为没有安置好，村民们的怨气越积越重。现在更是不得了了，居然以飞沙走石阻挡前去解决问题的乡镇干部。冒着"挂彩"的危险，刘克服化解了这种对抗的局面，然而他还不死心，还想自找麻烦，把移民村再次搬迁到"大畅岭"。虽然，最终结局让乡村政治生态变得更加复杂和更加不确定，但刘克服一意孤行，却让我们深深感动。杨少衡的《大畅岭》为我们塑造了一个鲜活而又陌生的文学形象，除个性之外，还表现出了一个基层干部的政治良知和善良心性。在尹向东的《晚饭》中，父亲所向往的，是一家人团团围坐，吃一顿有酒有菜、热气腾腾的晚饭，然而因为姐姐宋瑜，宋家一年到头，也难能有这样平常而又温馨的场景。宋瑜是康定小城一朵怒放的鲜花，美艳、刺目、惊世骇俗。小说以童真的视角，从容的叙事，展现了一个边城女子的青春、叛逆与昙花一现，在遽然凋零的生命面前，流露出一种痛苦和茫然。女人的生命如花，在风雨袭来的时候，往往最早凋谢。如《在柳枝巷》中的葛英素，处在怎样的乱世之中啊，父亲去世，继母逼婚，烽火四起，兵荒马乱。千里迢迢前来投奔查先生吧，已婚的查先生又畏首畏尾，以至阴差阳错，最后不得不和侮辱自己的老胡一同死去，那样惨烈，又是那样不甘。俗话说"宁做太平犬，不做乱世人"，在所有的灾难中，战争是人类最大的灾难。雪涅的《面条》和钱玉贵的《漂》，关注的都是非主流人群和非主流文化，表现出在高速发展的经济社会中，作家们独立的思考力和责任感。

二〇〇八年第四期

读者朋友，本期头条《像老子一样生活》，看起来平淡琐碎，实则是近年来难得一见的好小说。不仅叙事鲜活、温暖、有毛茸茸的质感，而且立意也高。每天，天还不亮，国芬就开始了她一天的奔波。这是一个多么好的女人啊，坚忍、乐观、豪爽、大度，哪怕前头是刀山火海，也独自一人前往，义无反顾。下岗的丈夫，痴呆的婆婆，日复一日、年复一年的劳累，都不能将她压垮，生活虽然粗糙，却依然美好。以劳动者的智慧，消解生活的苦难；以健康女人的胸怀，融化男人的冷漠。就连最后一个班次的运行，国芬也没有沮丧，在杭州的霏霏细雨中，这个历经磨难又面临下岗的女人，脸上始终带着微笑。里巷俚俗，市井百相，在作者的笔下一一呈现；脚踏实地的生活态度，锲而不舍的乐观精神，蕴含于民间深厚而积极的力量，都表现出来了。潘永翔的《关东家事》为我们展示的，既是一部家族史，也是一部地域文化史。自明朝洪武年修筑山海关，始有关内、关外之分，此后数百年间，闯关东的山东农民络绎不绝。当民国初年九月的一个傍晚，"爷爷"带着一家老小，一路风餐露宿奔向关外的时候，他们并不知道等待着自己的是什么。月黑风高之夜，最具有关东特色的"胡子"出现了。大开大阖的情节，几死几生的经历，读来惊心动魄；广袤无垠的土地、发家致富的梦想、杀人越货的胡子，共同构成了强悍的关东文化。"闯关东"是一个历史名词，也是山东人的集体记忆，是一次悲壮的历程，一种生命的搏杀。刘永涛的《尘土飞扬》，是一段纷乱的都市情感史，嘈杂、喧闹、心如尘土飞扬，没有着落。随着城市的发展，生活节奏的加快，城市文化冷酷的一面，越来显示出来了。本期我们还编发了著名诗人梁小斌的一组随笔，在重新解读历史人物、历史事件的同时，诗人强烈的实验冲动，也为我们提供了新鲜的叙事经验。

二〇〇八年第五期

读者朋友，本期头条我们奉献给大家的，是著名军旅作家石钟山的长篇小说《生死相托》。那是一段早已逝去的战争故事，裹挟着战火、硝烟和冀中平原所特有的气息，我们认识了小说的主人公杨铁汉与魏大河。已经难以复述刘家坎那场残酷的遭遇战了，只记得炮声停息的那一瞬间，两个男人之间的郑重承诺。带着魏大河的生死相托，杨铁汉上路了，在此后漫长而险象环生的岁月里，杨铁汉始终将彩凤和抗生娘俩，连同那枚装着纸条的子弹，揣在自己的心窝。与这枚弹壳一样富有象征意味的，还有那份来不及送出的党的机密文件，是它们支撑了杨铁汉后来的日子，支撑了他全部的生命和生活。轻生死、重然诺的燕赵古风，与坚守秘密、忠于革命的共产党人的信念，在这个男人的身上奇妙地融合。吉言的《桃花梦》所展示的，则是浓郁的都市风情，夏语冰与林小惠的爱情，不过是红尘一劫，桃花一梦，是办公室男女无法逃避而又无可奈何的情感选择。这中间也有真情、也有假意，也有纠缠、也有沉落。杂乱、浮嚣的城市话语，构成了这部小说的叙事底色。日益加快的城市化进程，使文学越来越多地关注城市生活、城市情感，机遇、竞争、冒险、背叛成为城市小说的核心语码，构成城市故事的一波三折。李春平的《大上海的小爱情》，同样是都市题材，同样是城市语境，却别是一番境界，琐细、平淡、艰辛，然而温热。在烦嚣的大上海，如今还有小胖子这样的人吗？有，肯定有！不信，你问问陈雪梅就知道了！大义、大爱、大担待，对这个上海男人，真的要刮目相看了。"沪上"文化中平实的一面，温情的一面，不为人所知的一面，在作家的笔下生动地呈现，颠覆了我们对上海的印象，以及我们对"上海人格"的武断。

二〇〇八年第六期

读者朋友，本期头条《谁在前面领跑》的作者普玄，是近年来势头强劲的青年作家，曾在《清明》发表过多篇有分量的小说。作品延续了作者一贯的敏锐于世道人心的变化，即时态呈现当下生活的特点，对一群中年人二十年后的聚首，进行了灵魂的烛照。铁器和杜强，已经多年不见了；铁器和陈五常，也已经多年不见了。当年在班里领跑的学习委员张高举，如今不过混成了母校的副校长，而当年美得令无数男生心悸的周百惠，也早已变丑变老。真是岁月如梭世事无常啊，在这样的感慨唏嘘声中，铁器和他昔日的中学同学，再度重逢了。众人对缺席的陈五常所表现出的诚惶诚恐，让铁器感到难堪；而不同的人生以及由此形成的新的人际现实，则带来人心的微妙。人生的各个阶段，有不同的领跑者，在众声喧哗商潮滚滚的现阶段，究竟是谁在领跑呢？从目前的情形看，很难说了。

这足以引起我们的思考。

蔚然的《望远镜与照妖镜》，是一个发生在荒诞年代里带有荒诞意味的故事，乡村光棍王德林依靠一个黄泥捏的望远镜，赢得了俊俏的乡村寡妇郝彩霞的爱，两人居然在众目睽睽之下，神不知鬼不觉地私奔了。他们曲折隐蔽的爱情，显示了情欲的强大。王佩飞的《日子的味道》，是塬上人一部沉重的生存史，也是一部沉重的情感史，中华民族绵延数千年的道德人伦，守护着一代又一代塬上孤儿，使他们失去亲人的日子，有了日子的味道。这是一篇充满温情的文字，有诗意缭绕。罗伟章的《清白》同样动人，关注底层群体的生存状态和情感状态，他的写作时常让人有心一软的感觉。围绕着小桃投水这一事件，作者展开故事，打工记者、好心厨子、饶舌的老板娘和社会各色人等纷纷登场，而小桃只想讨回自己的清白。得益于坚实的生活基础，小说的震撼性几乎全部来自于生活本身，而从与她同居多年最终又背叛了她的恋人李海身上，我们感到了面对世俗的无奈。

本期需要特别向你推荐的，还有许辉的长篇散文《在檬藤河与芮草洼之间》，散文是小说和诗歌之间的连接地带，在这片空旷、寂静的高地上，许辉营造了属于他自己的散文原野。

二〇〇九年第一期

读者朋友，在新年的脚步渐渐临近时，我们为你编发了二〇〇九年第一期《清明》。本期头条张忌的《搭子》，是几个卑微小人物的卑微人生，在城市的某个角落，亚飞和小美这一对麻将"搭子"，正以一种主流社会所不熟悉的方式，赚取生活的费用，填补日子的空虚。那是怎样的一种人生啊，浑浑噩噩、昼夜颠倒、一获千金，而又朝不保夕。这一老一少两个单身女人，就这样"经营"着自己没有男人的日子，有善良、有丑恶、有冷酷、有温情。市民社会的市井百态，灰色生活的无序无奈，在作品中得以复杂地呈现，而同时呈现的，还有其丰富的民间性。王秀梅的《丢手绢》，以细若游丝的笔致，描述了一个已婚女性隐秘的情感世界，揭示了童年经历对一个人的致命伤害。在赵小小三十多年的人生中，曾无数次地凝视晨晖幼儿园静静的院落，儿歌"丢手绢"简单而童稚的旋律，总能穿过漫漫岁月，撞击她伤痕累累的内心。阳光很好，女孩坐在阳光下，很美很安静。一个男孩跑过来，悄悄把手绢丢在她的身后，那是赵小小从几岁起就梦想的情景。作者的笔下，有着对人类灵魂的关注，有一种大悲悯。傅爱毛的

《五月蒲艾香》，写偏僻乡村一种叫作"拍手会"的古老习俗，在蒲艾飘香的五月，三年不孕的草妮子终于怀孕了，她的呆傻男人瓜宝为她插上满头的鲜花，大地一片香熏。这是人类原始繁衍冲动节日化的结果，是农耕文明中"男丁"理念在现代乡村生活里的残存。最后值得一提的还有弋铧的《深圳的雨季》，这是建立在现代城市化社会基础之上的小说话语方式，表现出典型的城市风情，城市感觉。金钱与友情，利益与背叛，相互纠缠又相互抵拒，杂乱、浮嚣、潮湿、晦暗，如深圳的雨季，让这座城市的白领们，陷入不洁的情绪之中。作品的结尾，李文丽的举动尤其让人惊悚，为世道的险恶，人心的叵测，提供了最现实的注脚。

二〇〇九年第二期

读者朋友，本期头条我们奉献给大家的，是胡继云的最新力作《08号声讯员》。当紫凝坐进"鸿星信息公司"声讯部狭小的空间里，以优美而柔和的声音对着话筒说话时，这个在生活中端庄自重的女孩，就摇身一变成为化名"茹曼"风情万种的声讯小姐。高速发展的经济社会，冷漠疏离的城市人际，紧张多变的情感生活，危机四伏的婚姻关系，共同催生和刺激着声讯服务这一"新兴"产业。在"服务"的旗帜下，声讯台成为一台日夜运转的敛钱机器，一条不断延伸的商业链。市场、法律、伦理、道德，复杂的世态百相，尽入眼底。尽管披着美丽的外衣，但其鲜明的利益诉求，仍让洁身自好的紫凝，感到痛苦和格格不入。而未婚夫远春的脆弱、猜忌和不可理喻，也加剧了小说叙事的动荡不安。唐镇的《不下雨就好了》，是对久已逝去的一场"文革"战事的追述，剑拔弩张的对峙，兵临城下的气氛，让身为"一号勤务员"的造反派头头夏天厚，不可阻挡地涌起对妻子和女儿的思念。他悄悄地回到了家中，回到了女人的怀抱，周围的一切是那样安静，那样温柔，那样抚慰人心。而在返回的途中，他倒下了，倒在大雨如注的城市，倒在战斗即将打响的前夜。我们不知道，在那场轰轰烈烈的"文化大革命"中，还有多少人失去了生命，还有多少不为人知的真相，被永远地、深深地掩埋。对"文革"的反思仍在继续，这与喧嚣的社会生活，有了一种不真实的疏离感。洪兆惠的《月亮月亮》和武歆的《向日葵》，都是对当下城市族群中女性生活状态的描述，前者注重对知识女性柔软心弦的拨动，后者则重在表现劳动妇女对家庭的固守和依赖。而对琐屑题材的深度开掘，也体现出作家对生活的尊重和敏感。

　　黑陶的散文《中国册页》，充分体现出他诗人散文的艺术个性，语言浓烈、饱满、粗粝，富有生活的质感。同时他的观察能力、艺术敏感和思想能力，也大大拓展了散文的审美空间。

二〇〇九年第三期

读者朋友，今年第三期中篇小说专号，又和大家见面了。在提供充足故事资源的前提下，集中展示阅读市场化过程中小说对固有品质的坚守以及重新建构现实的能力，积累商业语境下新的写作经验和审美经验，是我们开设这个专号的初衷。在多年的努力之后，《清明》中篇小说专号已经形成了自己的品牌，拥有了稳定并且不断扩大的阅读群落。本期头条乔洪涛的《每个人都有秘密》，是对农民工群体在城市生活中隐秘状态的一种描述，在被城市人忽视的角落里，马红旗们兴致勃勃地活着，守护着心中的秘密，也守护着自己难以实现的城市梦想。在他们年轻而荒漠的身体里，秘密如春天土地上的萌芽，顽强而茁壮地生长。他们是这座城市的秘密，尽管他们的存在，被城市人忽略了。俞莉的《我们的前世今生》，是对纯情而浪漫的学生时代的追悔与追述，散发着淡淡的哀伤和茉莉花的香味。对于芯慈和一切女人来说，初恋都是她的前世，而婚姻才是她的今生，恍若隔世是女人们回望青春时的普遍感觉。尹德朝的《澉通大捷》，是目前"国军抗战"热中一朵小小的浪花，然而所揭示的历史背后的真实，却是那样的令人震骇和惊诧。当王宏章和他的四十八师，以一种悲壮而惨烈的抵抗者姿势，倒在披满夕阳的中原小城澉通城时，他们英雄的面容，即被卑劣者涂上了肮脏的污血。历史的真相就这样被掩盖了，但历史的真相却不会被永远掩埋。在半个多世纪之后，在谎言差不多已经凝结成历史的今天，真相以一种猝不及防的方式，无比鲜活地呈现在了我们的面前。这让我们对历史，有了一种莫名的恐惧和敬畏。曹军庆的《过去的足迹》，是父与子之间一场永远无法实现的精神沟通，一个从政者的喧嚣和落寞，在他步入晚年之后，一点一点显现出来。无论洪小伏如何追寻父亲的足迹，他都无法抵达他的内心世界。丁邦文的《唇齿》，表现官场上官员和秘书的相互依存关系，但秘书和首长，真的能唇齿相依吗？黄一平的遭际，令人唏嘘感慨。

二〇〇九年第四期

读者朋友，读完本期头条《和会哭的狗在一起》，我们的心情会变得沉重。当十五岁的惠君拖着简单的行李，住进城市南缘简陋的出租屋时，院子里的葡萄藤正爬满了葡萄架，整个小院郁郁葱葱。而那条会哭的狗就卧在葡萄架下，拖着长长的铁链，发出"呜呜"的哀鸣。这让幼小的惠君不寒而栗，就是在这样的恐惧中，她开始了她人生第一次也是最后一次恋爱，没有对未来的憧憬，没有初恋的喜悦，甚至也没有爱的欲望和本能。在男孩同样稚嫩的怀抱中，惠君如一头受惊的小兽，爱得战战兢兢。我们很少关注到那些未成年的乡村少女在进入城市时的无助和胆怯,而她们在中国城市化和工业化的进程中,又是多么庞大的一个群落,支撑着东南沿海GDP的高增长率。当然,她们中的很多人,会独自舔舐心上的伤口并慢慢长大,最终融入城市生活;但也有的人和惠君一样,在青春的花朵尚未绽放时,就已风雨飘零。王佩飞的《开花的石头》,是黄土高原上一曲古老的"信天游",苍凉、苦难、沉重而温热,有着穿越时光的力量。喜妹和罗锅的婚姻生活,如脚下的黄土一般温厚,当这个苦水沟最俊的女子,怀揣冰冷的剪刀嫁过去时,她自己也没有想到,她和罗锅的感情,竟能如此的历久弥新,地久天长。王宗坤的《普通话》,揭示了普通话怎样支撑起一个农村孩子大学时代的自信并影响了他的一生,而结局却令人唏嘘,令人慨叹。郑红旗多年以来,对普通话始终如一的坚守,究竟还有没有意义呢?我们茫然。

本期我们还刊发了邱华栋的长篇随笔《帕斯捷尔纳克:时代的人质(一八九〇——一九六〇)》,对作家、作品与时代的关系,呈现出了更为多元的阐释空间,以及独立、理性的思考。

二〇〇九年第五期

读者朋友,本期头条我们奉献给大家的,是著名实力派作家石钟山的长篇小说《追逃》。这真是一部好看的小说,如标题所显示的那样,步步追逼、环环紧扣、跌宕起伏、出人意料。来自同一个小镇的武警战士李林和刘春来,在南方边境的山林中已经潜伏了三天三夜,就在即将无功而返时,山水市公安多年来一直久追不获的大毒枭老孟,却意外地出现了。老孟的被抓和脱逃,彻底改变了李林和刘春来的命运,他们漫长艰辛备受屈辱的追逃生涯,从此开始了。一切都为了追逃,一切都围绕追逃,工作、家庭、婚姻、爱情,一切的一切都可以丢弃,甚至连生活本身也变得微不足道。在无望而又险象环生的追逃中,刘春来失去了生命,李林也变得蓬头垢面,贫困潦倒。对于一个真正的战士来说,荣誉永远比生命更加重要。随着老孟的落入法网,小说在意犹未尽中结束,而在一种新的阅读体验中,我们强烈感受到了作家对读者注意力的掌控,感受到了传统小说叙事与现代视觉艺术的融合。市场经济在不知不觉中改变着小说,并逐渐达到文学话语的转型和审美价值的重构。傅泽刚的《淡紫色的纱巾》,是对远逝青春的追述,在充满缅怀意绪的氛围中,现实生活反而是那样的不真实,那样的虚无缥缈。赵竹青的《风中词曲》,以典雅的语言营造一种脱俗的境界,一种小资的情调。然而宋词和袁曲这两个风华绝代的古典美女,最终却双双深陷情感的泥潭,残酷的情场搏杀,瞬间击碎了她们的友谊和清高。卫鸦的《夜奔》则带有强烈的象征意味,我们不得不从沉沦和挣扎的角度，去理解画匠卫鸦在深圳黑夜里日复一日疲于奔命的奔跑。商场、情场、物欲、肉欲，混同着激情和理智、清醒和迷茫，在两个单身男女的身边和体内奔突，让他们备受煎熬。卫鸦的夜奔，最终能够迎来东方既白吗？我们不知道。

二〇〇九年第六期

读者朋友，本期我们向大家郑重推荐的，是近年来声名鹊起的实力派作家李春平的《我们的编年史》，民间的情怀、平实的记述，为我们勾勒出中国乡村世事变迁的轮廓。重山环绕的曾家湾山梁上，出现了三个山村少年的身影，在大山的映衬下，他们脸上的菜色清晰可辨。那是一段艰苦的岁月，一个物质匮乏的时代，人们拼命地劳作，仍不能获得暖饱。为了发家致富，刘忠良的父亲甚至陷入一种癫狂状态，他的暴力致富手段，造成刘忠良一生的心理阴影，左右了他的成长历程和全部生活。我们注意到，讲述中作家使用了自己的真实姓名，作为一种对历史真实的强调。在这样的环境和氛围中，作家李春平一天天长大，伴随着青春的盲动和情感的困惑。六十年间，我们的生活发生了多么大的变化啊，在新中国成立六十周年之际，重温我们民族的编年史，我们备感辛酸，也备感骄傲。史生荣的《大学生村官》，是对乡村政治生态和基层人际关系的全新展示，一目了然而又错综复杂，刚刚走出校门的大学生村干部丁一二，根本适应不了。作为一种新鲜血液，大学生村官能够改变乡村的政治生态吗？我们目前还不知道。李治邦的《恐慌》，在危机四伏中展开情节和故事，一种恐慌的气氛，始终在人物的身边缭绕。舜天广告的策划掌门人刘东，带着他的三个手下一一亮相，在国际金融危机突然爆发的时候，去北京和老外谈一个挽救公司于水火之中的项目。夫妻、同学、情人和对手，彼此倚重又彼此戒备，爱恨情仇交织难分，充满了刺激意味的游戏规则。本期我们还编发了侯卫东的历史随笔《韩非之死：士争的极端样本》，严谨的态度、深厚的学养、大胆的史识史见、现代的语感和通透的文字，不仅是对上古历史人物和历史事件的全新阐释，文本上也给人以耳目一新的感觉。

《安徽文学》编后

二〇〇三年第二期

李天民先生花了三百八十万元人民币购买了一幢乡间别墅,这样,自诩人生以"吃"为主的暴发户李天民先生,终于可以安居了。奇怪的是,这幢别墅主卧室的墙壁上画着一张大嘴,与此相对,屋顶则被装修成一张白面大饼的图案。故事由此开始,在作家亦庄亦谐,充满反讽意味的描述中,我们抵达了一个民族在贫瘠年代形成的集体无意识的精神深处。

本期头条肖克凡的《好药》,是一篇有着丰富指向和深刻批判性的小说,对某些民族劣根性的揭示,视角独特。中国是一个农业大国,曾经有过辉煌的历史,在农耕文明骤然跨入现代工业文明时,不免尴尬、盲目或是不知所措。于是各种形态纷纭杂呈,小说也不再像以往那样,单纯、明朗,具有凝重而开阔的品格。青年一代以他们的方式感受生活的喧嚣和杂芜,在世俗的欢乐中向往非世俗的欢乐,结果就把"耳朵"给遗失了。王谢的《遗失在雪山的耳朵》,在"另类语境"中展示给我们的,是迥异于写实主义的文学景观,想象新鲜、多元,难以琢磨。如另类写作者们所宣言的那样,他们确是一个新的族群,他们的文本,提供了一种全新的文学理念。在今后的日子里,《安徽文学》将对他们予以一定程度的关注。本期还集中刊发了郭翠华和江潇两位作者的散文,郭翠华的作品一反往日江南细雨的柔弱和明丽,变得厚重了、坚忍了、有力度了。思想能够改变写作的格局,产生阔大而悲悯的诗意,思想能使文字变得富有穿透力。在大量的"欲望化书写"覆盖散文写作的现阶段,思想的进入显得尤其难得并且重要。江潇的散文则体现了另一方向的努力,以一种日常的姿态再现城市日常生活的鲜活、忙乱甚至无意义,同样表现了在一个宏大变革时代里的个体感受,以及思索与困惑。

相较于过去而言,本期《安徽文学》城市题材的分量明显增加了。急剧推进的现代化进程和日益迫近的全球经济一体化进程,使得城市成为社会生活的主体话语,城市故事于是成为文学阐述现实的主要文本。与乡村相比,城市生活虽然不易被心灵所收藏,但商战、竞争、机遇、冒险、迪吧、歌厅、情人、网恋等灯红酒绿的城市元素足够编织故事、构成吸引。而隐藏于这一庞大话语体系中的人的生存境遇和心灵窘迫,也似乎更能引起人们的深思。我们愿和大家一起,关注我们民族现代化的进程,并以我们的努力,拓宽并夯实汉语写作。

二〇〇三年第四期

一群城市的打工仔,打拼在某个名不见经传的广告公司,栖息在某处拥挤的楼房里,他们只好仍然像在读书时那样,睡上下铺,高低床。第一个睡在"我"上铺的兄弟李凉,平庸猥琐却长有一副高大健美的身材,所以很快就赢得了漂亮老板娘的芳心,短时期内站稳了脚跟。他后来当然离开了,但却并非简单的落荒而逃,于是有了第二个睡"我"上铺的兄弟高非……本期头条余昌雄的《睡在我上铺的兄弟》,就是在这样一个城市背景下展开的打工一族的生存故事,从中我们可以品味到人生的艰难和甘苦。

伴随着与社会转型同步的文化转型过程,文化人的身份、地位和功能都在迅速地分化重组,不惜一切代价发财致富的欲望以及生存环境的日趋恶劣,使得初入社会的年轻一代,早已没有了心理和道德的重负。所以李凉和高非,还有作为叙述者的"我",均在自我发展的路上借助了非常手段。这是一道真实的都市景观,它所提供给我们的思考空间,要比我们暂且感受到的多得多。如同此后的两个短篇《气泡》和《城市上空的遗像》,骤然失落的身份和骤然改变的环境,都会给我们的精神带来深度的损伤,使得我们手足无措。

徐贵祥的《父亲是首劳动的歌》,作为小说家散文,文本有着一般散文所没有的叙事元素,而有些场景和细节的描绘,催人泪下。父亲是首劳动的歌,父亲也是座沉重的山。我们和作者一起，感受着父亲如何一天天变老，变成一去不复返的岁月。

因为生活节奏的加快，因为散文主体结构的日趋复杂，近年来的散文创作越来越走向私密化和粗鄙化。安徽的创作界和理论界因此而有"大时代呼唤大散文"的倡导。沈敏特的《散文说大》，为"大时代"的"大散文"作了充分的阐释，架构严谨，笔力雄健，让我们隐约想起作者多年以前，在中国当代文学批评中的纵横捭阖和引领风骚。散文有大胸怀、大境界不容易，我们希望安徽的散文创作，能从此由"小"到"大"，逐步走向宏阔的境界，拥有高品质和高格调。

二〇〇三年第五期

皖北农人钱三，怀揣着从老板手中接过的半个月的工钱，背起他小小的行李卷，在骂声中离开了木材厂。那时天已经完全黑了下来，关东小镇的街道上铺满了冰雪，钱三举目无亲。就在这样的时候，三个无为姑娘：方羽、钟情和红莲，接纳了他，仅仅因为他们是安徽老乡。韩旭东的《备忘大兴安岭》，以平实内敛的笔触，叙述了在改革开放的年代里几个闯关东的安徽人的故事，在被命运撂荒的艰辛和凄苦中，展露出底层生活的温热以及女性那让人落泪的美丽和善良。对底层，韩旭东似乎有一种本能的洞察力和表现力，他笔下这群闯关东的年轻人的生存境遇，无疑会成为人们解读中国现实的一个符码。曹多勇是近年来安徽文坛出现的一个以写短篇见长的作家，写出了淮河湾处的那一方水土，写出了生活劳作在这方水土上的人们，尤其是女人们的聪慧和勤劳。在曹多勇的乡村系列中，"大河湾"已经上升为一种文化意象。刘学东的《鱼鳍飞扬》，则是一个明显带有寓言性质的故事架构，在人和鱼的长时间的较量中，人最终被那条有灵性的老鱼拖入深不可测的大湖。这是一个警告。生态、环境、和谐的主题，近来渐渐成为文学关注的一个重要方面，这说明人类至少目前还不是无可救药。

本期"名家新作"栏目推出的三位作家的散文随笔各擅所长，陈祖芬的轻盈，梅洁的深彻，洪丕谟的博雅。尤其是梅洁的《扼杀与救赎》，以一个人的精神成长史，回望那个逝去的年代，其间透露的生活细节和历史真实，今天读来，令人有无以言说的震撼与悲凉。

二〇〇三第第六期

为了应付上头的检查，壮大阵容，各村的散羊都要撵到一堆，攒成群羊。而廖九哥的羊就在一次这样的"出公差"中让人给弄串了，虽然回来的这只，要比丢了的那只紫羔羊肥硕得多，但死心眼的廖九哥，仍然要找回自己的羊。遥远的《永远的羊》，在一片荒漠苦寒的乡村背景上展开，和村主任李大山一样，面对身材矮小而面如碱土发如枯草的廖九哥，我们不能不感到震动甚至惊慌。这个人也太憨直、太坚忍、太"不到黄河不死心"了，以至于一些平日里对农民作威作福的基层干部,看见牵羊而来的廖九哥,也不得不避让。这个人物身上所表现出来的令人敬畏的勇气,尽管偏执,却有一股巨大的道德力量。乡村生活和基层政治,目前正处于剧烈的变革之中,一些古老的行为准则和生活信念,不可避免地要受到冲击,但总会留下一些什么,如廖九哥所认准的那样。白天光的《打碎兰花瓮》,如他自己所说,是一个实验文本,在三种迥然不同的文化空间里,平行地展开三则故事,却暗示出了一种同一的现代主义的审美指向。在这里,故事并不重要,重要的是故事同构所带来的意味,以及由此造成的形式的扩张。本期的"散文随笔"栏目,我们集中编发了几位小说家的散文,和单纯的散文家相比,他们的文字似乎更自由、更无节制、更跌宕。众多小说家的加入,正改变着散文的传统,给这一古老的文体添加一些新的叙事元素。另外,本省作家苗振亚的《杂览随录》和摄影家康诗纬的《遍地蔷薇》,也都是开卷有益之作,而方文竹的《自己是自己的陌生人》提供给我们的,是一个意想不到的视角。我们有意加大散文随笔的分量,是希望应对这个快速阅读的时代,同时也希望以一种思想化的方式,给社会生活以更广泛的关注。

二〇〇三年第七期

每当黄昏降临,在城市的某个窗口,便出现一个女人忙碌的身影。在一群离家求学的大学生的眼中,这个偏爱高雅黑色的女人映照在灯光下的剪影，是那样的动人而温暖，搅扰了他们隐秘的内心。于是其中的一个，爱上了这个女人。这是一个处在青春期的小男生对一个成熟少妇的美丽向往，充满了忧伤、偏执和委屈。阿惠的《天堂之约》，以迷惘的城市人作为核心语码，为我们展示了饥渴的城市情感状态，因此它并不是一个简单的时下流行的姐弟恋模式所能涵盖的。仿佛为了印证这样，洪兆惠的《呼吸有声》，从另一个侧面讲述了另一对城市人的故事，因为一个偶然打错的电话，一个不知姓名的男人和一个不知姓名的女人，在一片瑰美的银杏林里，发生一段不知所终的感情。深度的绝望、孤独和无奈，使得城市中的男人和女人相互渴望、寻找和抚慰，因此小说中的人物和背景，还有他们的爱，都是那样的模糊，有一种明显的不确定性。从这个意义上说，城市人的精神和情感，正处于一种危机之中。迅速推进的现代化进程，不断冲击着人们原有的生活、价值和理念，如徐泰在《兄弟》中所遭遇到的那样，一边是法律，一边是亲情，有时你会在这两者之间摇摆不定。

本期的"名家新作"栏目，我们发表了著名小说家何申的《恋爱趣事》，从中我们知道了何申早年那段鲜为人知的恋爱经历。比较于小说，散文总是更真实更直接地反映一个作家的经历和情感，更易于保留他的内心。许辉的《赶集》，则是他作为平原之子，对那片生他养他的土地文化的阐释，在密集着乡俚信息的话语中，我们看见，许辉所熟悉的皖北，一点一点展开它阔大而粗粝的胸襟。马力的《雁山云影》，不愧是大块文章大笔雁荡，显示了迥异于南方作家的审美和笔力。

二〇〇三年第八期

今年四月,是诗人贾梦雷进入安徽省文联工作五十周年,也是他从事文学组织工作二十五周年。漫漫岁月,回首往事,当是如烟如梦,然而贾老却在《留住早春的感觉》中,以诗一般富有活力的语言,描写了生命的初发、春天的律动,描写了自己在人生暮年对早春的怀念。永远青春是诗人,永远不言老是诗心,读贾老文章,信然。

现在让我们来看铁匠马金山。铁匠马金山此刻正站在火炉旁,一边用力锻造一块烧得通红的铁疙瘩,一边愤愤地骂:老皮真不要脸!村长老皮的邋遢连襟蛋蛋来向老皮借钱,老皮不借,马金山却被软硬兼施借走了四百元钱。那可是他的血汗钱,于是日复一日,铁匠铺前便充满了铁匠马金山愤怒的骂声。而事情的结局却实在是出人意料,鼓足了勇气前去讨债的马金山,非但没有要回来那四百元钱,反而又借出去四百元钱。虽然作者没有往下写,但我们知道,一辈子窝囊的马金山,在初中生儿子的面前、在乡亲们的面前、在不要脸的老皮面前,将从此挺直他的腰杆!

晓苏的《爱情地理》,是一篇有关爱情的故事,但看完之后我们才明白,小城美人周作秀的爱情,根本与爱情无关。凭借着美貌与心机,周作秀一步一步,逃离了小城宜昌,但当它以一种让人惊骇的形态呈现时,它所展示出来的东西远为复杂。

本期的"名家新作"栏目，我们编发了肖复兴的《2003年：春天的记事》和邱华栋的《两个电影坏孩子》，都是收放由心挥洒自如的好文章，很值得一读。

二〇〇三年第九期

在上个世纪的八十年代，安徽文坛的一群青年作家中，严歌平是一个引领风骚的人物。这不仅仅指他在中国新时期文学那一重要历史时期，在全国很多家刊物上发表了大量作品，而是指他曾以自己的理性精神和文本实验，影响了他所在城市的一大批文学青年。当然，这以后有过很长一段时间的沉寂，但他对历史和现实的理性追问，并未间断。读他新近创作的《绝对记忆》，发现原先叙事上那种锐利的语感和奔腾的气势不见了，也不复有年轻时紧张而焦灼的实验冲动，而是追求一种知性和包容，追求平静朴素的美感。经过岁月的淘洗，其思想也渐渐走向成熟与阔大，这在他为友人所作的两篇序言中，表现得尤为明显。

使自己的写作成为思想的写作，曾是严歌平渴望达到的境界。

李少君的《酒中岁月》，描写了一群大学男生，在毕业前的动荡混乱中，近乎放纵的生活。前途的渺茫、青春的苦闷、走向社会的恐惧，一股脑儿压来，使他们唯有沉浸于酒醉之中，以忘却现实的烦恼。而赵光鸣的《汗手》，虽是短篇，却有相当的容量和力度。离家三月，出外淘金的蛮推，两手空空地回来了，到家之后才知道，妻子被原先的村长、如今"管水"的德叔霸占了。在外备受欺凌的蛮推，突然愤怒到了极点，拿起一把斧子就冲了出去。但这把斧子，最终并没砍向德叔，在四野的静寂中，蛮推渐渐瞌睡了。人性的怯弱和勇猛，乡村的道德和人伦，在这一结局中得到了极其复杂的展示，而作者极富西北边地韵味的叙事，也为它增色不少。

本期我们新开设了"三皖风物"栏目，作为对安徽地域文化与风俗民情的关注。沙封的《宏开文运》和彭亚华的《陈年竹器》，都为我们保留了很多民间记忆；而随笔大家牧惠的《从宰相无座到五跪九叩》，更是涉史成思，涉笔有趣，挥洒自如。值得一提的还有"散文新概念"的一组文章，它们所提供给我们的，确是有关散文的新概念、新视角。

二〇〇三年第十期

这一年的荒春天，从北乡返回的春元大，得了一种爱唱唱的怪毛病。在人民公社时代，春元大可不是一个安分守己的人，每到冬闲的腊月天，他都只身一人，拉上架车子，偷偷往北乡里贩淘炭，投机倒把。结果，大月亮地里，就在一座青石桥头，撞上了修炼成美女的青石精。这个颇似聊斋的故事，其实有着很深的意味，它为我们撩开了乡村生活的夜幕，让我们看到了集体经济时代，一潭死水的农村经济下，躁动不安的人和活力。曹多勇的小说，大多是以大河湾为背景展开叙事,其间活跃的,如《荒春天》里的春元大,《干净年》中的陶表叔,都是一方水土上的一方人物,负载着极丰富的地域文化。安徽因为地处江淮,俗融南北,很长时间以来,小说家们都很难在叙事上形成自己的语言特色,因此也就很难真正展示地缘意义上的安徽文化。而曹多勇小说的价值,即在于对淮河文化、对大河湾风物的挖掘和展示,在他之前,还没有哪一位安徽作家,能以如此富含方言性元素的语言,构筑故事,描绘人物,完整地展示出属于淮河的文化形态。

聂增爱的《买狗》,是一个简单到不能再简单的故事,却有着很大的心灵空间。少年陈冬冬灵魂的无助,他对母爱的怀想,却在一个单纯的架构中,得到了较为充分的展现。写作要有让人心中一软的感觉,陈修琪的《一束鲜花》,就具备这样的感染力,当护士红菱黯然离开她所栖身的那座城市时,城市和城市人,应该有所愧疚吧。

写作是对现实的发现和描述,更是对灵魂的提升和召唤。

本期"名家新作"栏目,我们编发了小说家潘军的一组随笔,相对于小说来说,随笔是一种更为直接的形式,能够更为充分地展露出写作者本人的思想、意趣、性格和情感。黑白的《南方落雨北方落雪》,由地域到人文,均有准确而具象的描述,创造出了一种空阔美好的阅读境界。值得一读的还有纪念的《天意从来高难问》,历史人物的历史人格和现实人格,往往存在着巨大的不一致,而当我们进入历史深处,往往会有一种说不出的慨叹。

二〇〇三年第十一期

本期的"皖籍作家"栏目，我们编发的是诗人梁小斌的诗歌和散文。梁小斌是新时期诗歌最重要的诗人之一，他早期的诗歌《中国，我的钥匙丢了》和《雪白的墙》，曾经影响了整整一代人。近年来，诗人在诗歌创作之余，写作了大量的散文和随笔，以其内敛的精神气质、充盈着异端之美的叙事，被作家残雪称之为"诗散文"。此次编发的《诗四首》中的一首《绘事后素》，曾有一个散文文本发表，如果你能将它们放在一起阅读，你会发现两者之间精神的相通以及文体所带来的审美差异性。梁小斌散文在一个喧嚣、世俗的时代，显然属于异类，它可能暂时不为大多数人所注意，但它逾出常规的语言实验，将越来越显示出其非同一般的文本价值。

詹政伟的《老鼠走，猫也走》，讲述了一个打工青年进入城市后近乎惨烈的人生遭际，读来让人心酸。木根作为一个超市内保，每天的工作就是装扮成顾客的样子，捉拿超市里的偷盗者。这就如同猫和老鼠的关系，这个关系决定了能抓住老鼠的就是好猫。对于金钱的欲望，残酷地吞噬着人类善良的本性，有一部分人类，于是蜕变成了鼠类，畏缩、卑怯并且丑陋。也因此木根这个人物，昭示着一缕光明的存在，只是不知在城市中失去双眼的他，如何在乡村中度过他漫漫的后半生？

王冲的《与小轩喝酒》，说的也是一个生活于底层的青年人的故事，低下的地位、屈辱的生活，造成小轩心理的扭曲。也许只有在狂妄的臆想中，小轩才能稍稍伸展开他那颗皱巴巴的心。结局是小轩以一次真实的血刃之举，完成了自己精神上的伸展，同时给我们带来更加深刻的精神创痛。

本期的"海外传真"栏目，我们编发了南翔的《近瞰加拿大》，作者以学人的广博识见和作家的烂漫情思，为我们描绘了那个遥远的国度。马德俊的《七月的丰碑》，详尽记述了二〇〇三年夏季六安人民抗洪救灾的过程，全文惊心动魄，气壮山河。

二〇〇三年第十二期

一个三十九岁的美丽女人，像一个迷路的孩子，将自己迷失在青春的山顶。提前退休使她失去了最后一点精神依托，而没有丈夫没有孩子的独身生活，又使她的日子少了家庭琐事的填充。这个日渐老去的美人于是变得无所事事，百无聊赖，无所适从。心灵的恐慌就这样产生了：对年龄、对岁月、对感情、对男人……辛华的《无事生非》，向我们展示了一种迷茫的生活状态和情感状态，让我们认识了另外一种人生，一种无奈的人生。

当文学告别了宏大的叙事之后，它所关注所描绘的，必然是一些琐屑甚至空虚的内容。卢云芬的《粉色灯罩》，从一个男人的视角，写现代人对婚姻的感受，那是一种普遍的麻木和无聊。一盏"粉色灯罩"，是妻子留给整个婚姻的唯一痕迹,而女孩津津的出现,再次粉碎了男人关于爱情的幻想。在日趋世俗化、欲望化的现代社会中,人们总是希望能够找一处地方,安顿自己的身体和灵魂,但举目滔滔,四顾茫然,这样的地方却很难找到。个性话语的膨胀,带来了叙事风格的不确定性,因此这两篇小说提供给我们的审美感受,也要比故事本身丰富得多。

十月十二日,是我省著名作家陈登科逝世五周年的日子,安徽省委宣传部、省文联、陈登科文学研究会在合肥稻香楼联合主办《陈登科文集》首发式暨陈登科作品研讨会,缅怀我国当代文学史上这位重要的作家。本期发表的会议纪要《生活本身在说话》,较为详细地记录了研讨会的盛况。

本期"三皖风物"栏目,我们编发了王世衡的《说不完的茂林》,作者对江南名镇茂林的历史和现实,作了文化意义上的阐释。裴毅然的《稿费与现代作家》,提供了很多鲜为人知的史料,亦为开卷有益之作。